Louis Calaferte

Requiem
des innocents

Gallimard

Louis Calaferte est né le 14 juillet 1928. Après une expérience directe de la vie, il publie son premier livre, *Requiem des innocents*, en 1952, puis, l'année suivante, *Partage des vivants*. Il consacre alors cinq ans à la rédaction de *Septentrion*, fresque autobiographique destinée à rendre compte de ses expériences passées et à dessiner l'avenir de ses options intellectuelles et spirituelles. En raison de sa nature, l'ouvrage a été condamné et ce n'est que vingt ans plus tard qu'il sera réédité chez Denoël, en 1984.

Louis Calaferte est l'auteur de nombreux volumes, récits, nouvelles, poésie, théâtre, carnets, essais.

Il est mort le 2 mai 1994.

À l'homme rare : Joseph Kessel
À Guite... l'Unique
À la Petite Fille : Guillemette
TOUJOURS

1

Ça commence au bout du monde.

Il me semble encore entendre Lédernacht, le Juif allemand, soutenir que Christ n'avait pas été crucifié, mais bel et bien écrabouillé, à coups de talons et qu'ainsi toute résurrection était fort improbable.

Dès qu'il était saoul, d'un bout à l'autre de la rue, d'un bout à l'autre du quartier, il criait sa conviction : pour peu que sa voix montât d'une octave ou deux, on pouvait l'entendre des quatre points cardinaux. Et le père Lédernacht était sincère. Aussi sincère que Christ lui-même. Cela seulement lorsqu'il avait dûment poivré sa gueule pâle, rouillée de barbe.

Au demeurant, il était le plus sale petit Juif de la création. Voleur, mesquin, filou, hypo-crite, calomniateur, névrosé et intelligent. Il tenait en bout de rue une boutique de vieux vêtements rassemblés aux hasards du temps, vo-lés à quelque misère, enlevés de haute lutte à des mises aux enchères de salles des ventes.

Depuis, ce territoire a changé du tout au tout, mais il est certain que Lédernacht père fut le premier marchand d'habits du coin. Il faisait des affaires d'or. Au rabais. Il n'y avait pas de concurrents. C'était la seule vraie boutique de ce lotissement d'Apocalypse, Feld et Feltin — les deux cafetiers — ayant simplement aménagé leurs baraques. Le Juif avait appelé sa boutique : « À la bonne affaire », peint en vert, vert d'eau de mare, sur la devanture de planches pourries.

L'intérieur, c'était de l'inattendu.

Personne n'était capable de s'y reconnaître, à commencer par Lédernacht lui-même.

Ce qui frappait au premier coup d'œil, c'était un grand cadre noir sans dorure, taché par les mouches, où la femme Lédernacht, maintenant décédée, exposait pour les éternités des seins effrayants, tout blancs, gélatineux, et une tête épaisse, bestiale, travaillée par les rides. Ce portrait, dont je me souviens bien, laissait rêveur et angoissé sans qu'on pût s'expliquer pourquoi. Les seins ballonnants de Mme Judith Lédernacht étaient si outrageusement vivants que les gosses de chez nous se tripotaient un petit peu en pensant à eux. On n'y résistait pas. Nous n'avons pas connu cette femme : le petit Juif avait installé sa boutique après son veuvage, mais il nous parlait d'elle souvent. Il ne tarissait pas. Il avait, jour après jour, des confidences nouvelles à faire. Le vieux roublard en profitait, dans l'émotion du souvenir, pour nous refiler un caleçon mil neuf cent à des prix monstrueux. Il mélangeait tout avec art. Son affection pour la défunte et le commerce. C'était surprenant de voir Lédernacht brodant sur la qualité de la marchandise, et feu sa femme, là-haut, dans son cadre de bois noir, juste au-dessus des dentelles.

C'est chez lui, naturellement, que ma mère m'acheta mon premier pantalon. J'avais quatorze ans. J'en paraissais dix-sept et, en dépit des prévisions, je venais de décrocher le certificat d'études.

Ceci est une histoire parmi tant d'autres...

Lorsque notre professeur, Loucheur, — il louchait — annonça les résultats officiels de l'examen, et que seul mon nom fut jeté par sa voix de chien maigre dans le vide du silence, une large, une profonde et vaste stupéfaction pétrifia les copains. On me regarda avec des yeux moqueurs, des yeux méprisants, des yeux haineux. Les copains qui avaient tous échoué en bloc n'en revenaient pas. Moi non plus. Loucheur non plus. J'étais le premier bâtard de mon quartier qui allait quitter l'école avec autre chose que des poux et le vice de la masturbation collective : mémoire d'homme.

Loucheur portait sur son visage les stigmates de l'imbécile-né et de l'instituteur à traitement pauvre. Il tremblait des doigts et le papier dansait une gigue : le papier où mon nom s'inscrivait, seul, en vedette, isolé des autres par cette distinction scolaire.

Il craignait tout à coup les représailles des copains. Ma réussite paraissait invraisemblable, et cela pour la simple raison que jusqu'alors je ne m'étais distingué des autres par aucun signe d'intelligence précoce ou de folie héréditaire. J'étais aussi crasseux que les autres. Aussi vicieux et mal habillé que les autres. Comme eux, j'appartenais à une famille sordide du quartier le plus écorché de la ville de Lyon : la zone. Sous toutes les latitudes, on trouve ces repaires de repris de justice, de bohémiens, et d'assassins en puissance. Je n'étais qu'un petit salopard des fortifs, graine de bandit, de maquereau, graine de conspirateur et féru de coups durs. Pas plus que les autres, je ne redoutais le mal ni le sang. Les spectacles violents qui se déroulaient chaque jour dans notre univers nous trouvaient insensibles, et quand Wieckevitz, le Polonais pédéraste, se fit étriper au beau milieu de la rue par Tardant, jeune colosse de dix-huit ans, nous allâmes tous avec plaisir toucher son cadavre.

En ce jour du début de juillet où l'examen avait eu lieu, je venais malgré tout de me classer hors du commun. La surprise était de taille. J'en arrivais même à croire, tant j'étais surpris moi-même, que Loucheur avait fait la blague de citer mon nom. Il fallut pourtant s'en convaincre : j'avais réussi. Dans quelques minutes,

Lobe, le directeur de l'école, me remettrait le grand document imprimé, illustré, qui me servirait dans l'existence à aller droit devant moi, la tête haute et les tripes vides. J'étais le petit bonhomme originaire du quartier honteux, qui avait dans sa cervelle de quoi prendre à l'humanité tous ses certificats.

Notre bande était là au complet. Schborn, un jeune garçon blond, musclé en diable, fort comme un débardeur, intelligent et cruel. Il commandait dur la bande. Il était mon seul copain. Nous étions sur un pied d'égalité, lui et moi, dans le respect des autres. J'étais le seul qui, un jour, ait osé le provoquer et roulé sur le goudron avec lui. De cette bataille mémorable d'où je faillis sortir aveugle — il avait des ongles terribles — datait mon prestige de chef en second derrière Schborn. À cette époque nous ne tolérions qu'une puissance : celle du muscle. Si, par exemple, nous accordions quelque considération à Debrer, le bossu, c'est qu'il forgeait à longueur de jour des insultes si grossières, si drôles, que Schborn lui-même devait en rire. C'est la seule concession que nous ayons jamais faite à l'égard d'un faible. À l'image de la nature, chez nous, les faibles devaient crever et être tournés en ridicule pendant leur courte vie.

Je me souviens de Victor Albadi, fils épileptique d'une veuve italienne. Feu le père, ivrogne parfait, avait autrefois brisé la jambe du gosse, l'estropiant à tout jamais. Le pauvre innocent avait la cervelle aussi folle que sa jambe. Il traînait péniblement l'une et l'autre. Le surnom de Totor lui était tout naturellement venu. Il était un des souffre-douleur du quartier. Les adultes ne se privaient pas plus que nous de l'injurier et de le frapper dès que s'en présentait l'occasion ; au reste souvent provoquée. On se bat beaucoup chez les pauvres. Il faut bien passer sur quelqu'un sa fureur, sa rage d'être au monde et d'y rester. Donner des coups n'engageait à rien. En recevoir engageait à les rendre et ainsi de suite. Totor Albadi, affaibli par sa déficience physique et ses tares consanguines, ne pouvait rendre les coups reçus qu'à un chat maigre qu'il avait adopté à cet effet. Sous nos assauts, Victor Albadi pleurait, hurlait, trépignait, saignait, tout ensemble. Les jours de pluie où nous n'avions rien de mieux à faire, nous le rabattions dans un coin désert, le terrain vague de préférence, et nous libérions sur ce déshérité notre inventive cruauté qui ne manquait pas de raffinements. Quand je songe aujourd'hui à quelles souffrances nous soumettions Albadi et d'autres, j'en suis épouvanté. Je pense que rien au monde n'est plus féroce, vicieux, criminel qu'un enfant.

Je reparlerai de Totor et de tous. Ils sont ma vie. C'est vers eux que se tourne ma mémoire. Mais à son propos, je me rappelle un détail assez curieux : on le surnommait aussi Roméo. Je me suis, plus tard, demandé d'où avait pu surgir cette réminiscence d'un personnage de Shakespeare que nul d'entre nous ne connaissait, même de renommée. Dans nos esprits, Roméo ne s'identifiait pas à un sentiment de beauté ni de séduction : Albadi était laid. Jamais personne n'avait prononcé ce nom, et voilà qu'un jour Roméo fut sur toutes les lèvres pour désigner le bâtard de la veuve italienne. Les chefs-d'œuvre doivent se répandre en mystérieux effluves et toucher ainsi jusqu'aux plus ignorants des ignorants.

II

Dans la cour de l'école, son goudron
larmoyant sous la grosse chaleur d'été, se trouvaient donc Schborn, Chapuizat, Meunier,
Grogeat, Debrer le bossu, le fils Lédernacht,
aussi juif que son père mais plus courageux,
Lubresco, un Roumain égaré parmi nous ; plus
moi. Cela composait la bande. Schborn en qualité de chef, moi son lieutenant immédiat.

Loucheur rangea les papiers des résultats
dans la poche de son veston. Il usait de petits
gestes précis pour accomplir chaque chose. À
l'acte le plus mince, il donnait une importance
solennelle. C'était sa nature. On avait envie de
le gifler.

Le papier rangé, je devenais l'abcès de la
bande. Le salaud qui, au cours d'une année,
avait mis ses forces à honorer l'école. J'étais
perdu. Je le devinais. Ça devenait perceptible.
Les copains, immobiles, me regardaient en sup-
putant la vengeance prochaine qui n'allait pas
manquer d'éclater. Je me voyais déjà étendu à

même le sol, écrasé, sur l'ordre de mon copain Schborn.

Je n'avais pas peur. Il m'était arrivé plus d'une fois de me faire corriger, et à cette époque je n'envisageais pas qu'on pût se refuser à une bonne bagarre quitte à en sortir estropié pour le restant de ses jours. La loi de la force, qui est une loi naturelle, bande les muscles de ceux qui s'y assujettissent. J'étais prêt.

Loucheur, lui, qui n'interprétait qu'avec peine nos comportements, prit de l'espoir parce qu'il ne s'était encore rien passé alors que, devant un tel malheur, logiquement, nous aurions dû déjà réagir. Il était émerveillé de nous trouver tous si compréhensifs. Il pensait tout de bon éviter la tempête et faisait mine de se retirer.

Schborn, de sa voix unique, le cloua sur place. (Quand il se prenait à crier, ça tenait du tonnerre et de la locomotive bien lancée.)

— Eh ! le vieux !

Loucheur savait à qui on s'adressait en ces termes. Il se retourna :

— Oui ?

Il avait peur. Il était né pour avoir peur et ça se voyait. Il était blanc comme un œuf. Il nous craignait personnellement Schborn et moi.

— Fais voir ton papelard !

— Schborn vous dépassez les limites de la...

— Fais voir ton papelard !

— J'en référerai à M. Lobe, le Directeur...

Nos désirs et nos passions étaient si vifs, si primitifs, que toute attente pour les satisfaire nous trouvait cabrés. Schborn empoigna la manche du vieux qui criait aux quatre vents le nom de M. Lobe. C'était son habitude de se sentir désespéré au moindre choc et de réclamer le secours d'une autorité hiérarchique. Lobe se dérangeait rarement dans ces cas-là. Pour l'instant il n'était pas dans l'école. Fébrile, Loucheur sortit le papier de sa poche. Schborn le lui arracha, le consulta, le palpa, le renifla et annonça aux autres que c'était la vérité. J'étais reçu.

Le soir de juillet promenait dans le ciel de petits nuages rouges et un vent de forge. Les copains se tournaient vers moi. Ils avaient des regards de froids criminels. Aspect que je leur connaissais bien. Ils attendaient pour bondir et me hacher, l'ordre du chef. Je me baissai et ramassai rapidement deux pierres de belle taille. Une dans chaque main. Je montrai que je n'étais pas décidé à me laisser faire. Je connaissais d'avance l'issue du combat. Ils me laisseraient assommé sur le pavé, et ce soir Debrer, hilare, passerait prévenir ma mère que son fils était heureusement reçu au certificat d'études, mais qu'un petit accident lui était malencontreusement survenu. Debrer, à la pensée de mon sang répandu, souriait de tous ses chicots en décomposition.

C'est à ce moment qu'intervint l'orgueil de Schborn.

Il se tenait droit, fort, imposant, sous le préau de la cour. Loucheur, sagement, comme il faisait toujours, s'était retiré jusqu'à l'extrême limite du terrain. Ceux qui n'appartenaient pas en propre à la bande avaient formé cercle, nous faisant prisonniers, les gars et moi. Chapuizat, qui portait sur un cou de volaille affamée une tête d'hydrocéphale maquillée de petite vérole, avait déjà fait un pas dans ma direction. Dans cette arène humaine on s'apprêtait à célébrer ma défaite. Je serais le vaincu, et, en quelques secondes, je perdrais ma place de lieutenant auprès de Schborn. Place naturellement toute chaude pour Chapuizat qui en rêvait depuis longtemps. Mais celui-ci, j'allais l'abattre. Même si pour cela je ne devais m'occuper que de lui. Il resterait avec moi, sur le carreau. Ainsi, Schborn ne voudrait pas de lui non plus. Ce serait ma seule gloire de la journée. Anéantir un successeur plus que probable.

Or, brusquement, Schborn fendit le groupe et me tendit la main. En agissant dans ce sens imprévu, il démontrait son autorité de chef. Les autres étaient tenus de lui obéir. Schborn à mon côté, nous étions inattaquables. Il me laissait intact pour le plaisir, peut-être délicat, de réduire un groupe à sa merci. Je serrai sa main. Il y eut quelques murmures qui s'apaisèrent vite. Schborn éclatait d'orgueil. Il venait de le fortifier dans ce coup de force. Tenir en respect des gars pas commodes se pourléchant par avance des résultats d'une grandiose bagarre, c'était véritablement le privilège d'un caïd. Lui seul en était capable dans notre milieu. Il ne l'ignorait pas et aimait en user.

L'atmosphère n'était pas éclaircie pour autant. Que Schborn enlevât à la bande ma dépouille, on le tolérait encore, mais qu'il n'y eût, pour clore cette journée, rien de marquant, rien de terrible, c'était inconcevable. Alors Debrer passa du pâle au vert. Le bossu allait payer pour moi. Son flair de misérable l'en prévenait, et tandis que Schborn me félicitait en termes gras de ma réussite et que de mon côté je crachais sur ce « putain de certificat qui ne rime à rien », Debrer attaqua en nous traitant tous de grands salauds. La ruée eut lieu. Ce fut un beau pugilat : Debrer tanguant sur sa bosse, droite, gauche, sous le poids des autres qui profitaient de la mêlée pour s'en distribuer quelques-uns. Le pauvre Debrer dut y perdre le reste de ses chicots.

Quant à moi, je ne me berçais pas d'illusions. Avec Schborn nous nous comprenions parfaitement. Nous étions de la même race. Son orgueil assouvi, il ne renonçait pas au combat. Nous nous empoignâmes. Vêtements et peau, corps à corps, mais seuls, lui et moi. Règlement entre chefs, en plein jour, en bonne amitié, pour le plaisir, et pour bien montrer que nous n'étions dupes ni l'un ni l'autre.

De son côté, Debrer fut raclé. En vitesse. Il ne tenait pas debout. Après une minute à peine de lutte, les gars étaient las de lui cabosser le crâne contre un des piliers en ciment du préau. Ça résonnait mal. Ce que nous aimions, c'était la résistance, le combat acharné où les adversaires n'arrivent pas à se départager. Se battre avec un Debrer ne pouvait que faire passer un moment, sans plus. Sanguinolent, mais sans larmes, le bossu se rangea avec les autres autour de nous, Schborn et moi, admirateurs de notre ardeur. Ces duels de mon enfance m'apparaissent aujourd'hui comme le merveilleux renouvellement des épreuves de force antiques. Ils en avaient l'humanité bestiale et la grandeur.

Schborn était incontestablement le plus fort de nous deux. En revanche, j'étais plus rapide, plus nerveux et, si je frappais moins lourdement, mes coups étaient plus précis. J'étais plus souple et, en dépit de sa poigne extraordinaire, je me tortillais entre ses mains comme une anguille à l'agonie.

Tels quels, nous étions partis pour nous battre des heures durant. Notre résistance physique était à toute épreuve. Nous nous écorcherions encore si Lobe, le directeur, n'eût été signalé par Loucheur, descendant depuis le haut de la rue. Schborn me jeta une gifle énorme à main raidie. Il reçut mon poing dans le bas de la poitrine, ce qui le fit gémir, et ce fut assez. Lobe paraissait.

Lobe était un curieux bonhomme, petit et sec. Il portait monocle à l'œil droit. Il lui manquait un bras qu'il avait laissé en route pendant la guerre. Un tic nerveux abaissait tout le bas de son visage de seconde en seconde. Sa main gauche, unique, était pourvue d'une bague d'or à pierre triangulaire. Avant de distribuer des gifles, il retournait la pierre à l'intérieur de sa main. Le chaton aigu pénétrait douillettement dans le gras de la joue. Façon de parler. Nous étions tous maigres comme des chats de campagne !

Lobe était respecté de nous à cause de cette bague et de ses coups de pied foudroyants, qu'il répandait au bon moment. Ces particularités n'en faisaient pourtant pas une brute. Bien au contraire. J'aurai beaucoup à dire sur lui, qui le premier me permit de comprendre que l'intelligence était une force beaucoup plus certaine que les coups. Schborn et moi étions les seuls qu'il ne touchât que rarement. Avec nous il raisonnait. Avec moi, surtout, qu'il préférait. Il m'entraînait parfois dans des discussions dont je ne retenais pas grand-chose, hormis que je pouvais le considérer comme un copain. Nous l'admirions même, cet homme singulier, car il drainait dans son sillage la plus jolie putain que nous connaissions. Dorothée était bâtie en sensuelle. La nature l'avait rangée dans cette catégorie de femmes qui ne reçoivent d'autres plaisirs que ceux de leur sexe. Tous, autant que nous étions, nous nous branlions pour elle. Ça occupait nos soirées. Nous aurions évidemment préféré quelques-unes de ses faveurs, mais elle négligeait les adolescents pour les hommes d'âge mûr. Le père Lédernacht en savait quelque chose qui se l'offrait gratis ou presque, dans son arrière-boutique moelleuse de crasse et de puanteurs mêlées. Lédernacht faisait commerce de dentelles et la belle putain Dorothée n'y pouvait résister, forcément. Sans parler des divers attraits du petit Juif qui, selon la rumeur publique, exerçait l'amour d'une fort remarquable manière et avec tant de dextérité dans la chose que les femmes s'en rendaient folles. Ma mère, sous ses dehors de puritaine protestante, avait goûté, elle aussi, du Lédernacht meilleure façon, tout en s'en défendant. Petit secret de polichinelle, rien ne se passant sur notre zone sans que chacun en fût aussitôt averti.

Lobe me fit signe. Il me tendit la main, et dans sa main le fameux certificat qui certifiait mes miteuses connaissances. Autour de nous il y avait un gros silence d'exécution capitale. Schborn et les autres m'observaient. Je me trouvais à un point décisif, vital, où je me devais d'accomplir un acte inoubliable. Je n'hésitai pas longtemps. Je m'emparai du papier et, calmement, je le déchirai en quatre et le donnai au vent éparpilleur. Le petit murmure des copains m'approuva. Lobe me cria que j'étais un sale petit bâtard de crétin de la zone, que je n'en sortirais jamais que pour gravir les degrés de la suprême justice sociale qui se manifeste au sommet de l'échafaud. Mais son regard le démentait. Je ne sais pourquoi, mais ce jour-là je le comprenais merveilleusement.

J'avais envie de l'embrasser. Lui aussi peut-être.

Lobe était un homme. Pour lui, la vie était une chose. Les diplômes en étaient une autre. Il ne croyait sans doute pas beaucoup à ces mièvreries qui occupent les enfants au cours de leur premier âge. Je crois qu'il discernait en moi une part de mon destin, où aucun certificat ne me serait d'aucune utilité. Je me débrouillerais autrement et seul. Lobe voyait clair.

Il me serra tout de même la main. Ça mettait fin à tout et ça prouvait qu'il n'était pas tellement révolté par mon geste.

— On ne te verra plus ici, n'est-ce pas ? Tu n'as pas l'intention de continuer des études, bien entendu ?

La question ne se posait pas. Ce n'était pas la coutume de notre milieu. Et je ne regrette rien. Pour toucher, pour voler un peu de vérité humaine, il faut approcher la rue. L'homme se fait par l'homme. Il faut plonger avec les hommes de la peine, dans la peine, dans la boue fétide de leur condition pour émerger ensuite bien vivant, bien lourd de détresse, de dégoût, de misère et de joie. Avec les hommes de la peine, il faut vivre dans le coude à coude. Mélanger aux leurs sa sueur, les suivre dans leurs manifestations grandioses et bêtes. Parler leur langue. Toucher leurs plaies des cinq doigts, boire à leurs verres, pleurer leurs larmes, faire gémir leurs femmes, partager leurs pauvres espoirs et leurs petits bonheurs.

Lobe sourit, Schborn me tapa sur l'épaule, il réunit la bande et nous allâmes tous au bistrot, en compagnie de Loucheur qui se félicitait de la tournure des choses. Lobe me tenait par le bras sans me parler. Debrer, la gueule toute bleue des coups reçus, sautillait à dix pas en avant de nous, jetant sa bosse au ciel. Dans la rue on nous regardait passer. De bonheur, Loucheur entonna une petite chanson douce. Nous nous sentions entre nous et cela nous contentait le fond du cœur. Un peu plus tard, Dorothée vint nous rejoindre. Elle trouva si exceptionnel mon geste de tout à l'heure, qu'elle plaqua sa cuisse contre la mienne sur la banquette de moleskine noire. Nous bûmes hardiment. C'était Lobe qui payait. Sous la table, sans manières, il tripotait Dorothée. Elle, riait de toute sa large bouche épaisse, ses dents brillaient comme des petites ampoules de gare, la nuit, quand le train passe vite. Loucheur avait des bruits de gorge en buvant. De voir Lobe et sa putain se peloter comme ça, en plein public, lui donnait une drôle d'émotion. Loucheur ignorait les femmes. Il se contentait de regarder faire les autres et ses yeux biscornus moissonnaient avec avidité les images sexuelles. Si Dorothée lui parlait, il se prenait à bafouiller, à bégayer, à rougir et à trembler de tout son corps rachitique. Dorothée s'amusait de temps en temps à le confondre ainsi. Le pauvre diable en avait pour une heure à se remettre...

Lobe me parlait :

— Qu'est-ce que tu vas faire maintenant ?

— Je ne sais pas.

— Tu ne vas pas pourrir chez toi, non ?

Pour ça, aucune crainte. J'en avais marre. Mes années d'enfance me remontaient à la gorge. Je ne pouvais plus voir cette sacrée zone, en entendre parler. J'allais quitter les lieux, c'était bien le plus sage.

— J'irai à la ville.

— Tu sais où travailler ?

— Non.

— Je te donnerai un mot pour quelqu'un.

— Merci, m'sieur Lobe.

Il me regardait tout en continuant de palper les cuisses de sa maîtresse. Il lui avait même relevé sa jupe pour faciliter les choses. Nous tous, on lorgnait le spectacle. C'était vraiment un fier coup d'œil.

— Surtout pas de bêtises, hein ? Tu dois pouvoir faire mieux que ça.

Moi je ne demandais pas mieux, mais ce qui me tenait le plus à cœur pour le moment, c'était de m'en aller de l'endroit. Après, je verrais. J'avais toute la vie pour voir de quel côté me tourner. L'évasion seule comptait.

Lobe commanda de nouvelles consommations et notre réunion prit bonne figure. Chapuizat chantonnait quelque chose qu'il avait retenu au hasard. Moi je ne pouvais m'empêcher de penser à ce certificat que j'avais décroché. Non que cela me gonflât d'orgueil : au fond je m'en foutais, mais c'était une espèce de victoire sur moi-même qui m'était tendre à la pensée. Un peu comme si j'étais grandi par ce succès. Plus fort. Plus le même que la veille. Le vin épais qu'on nous servait y était naturellement pour une part. Je me sentais transformé. Dès ce soir ce serait les vacances. J'en profiterais pour fouiller les entreprises de la ville et trouver un emploi quelconque. Je n'avais pas envie de travailler, j'avais envie de me distinguer du reste des habitants de notre ghetto. C'est bon de se distinguer. Je venais de l'apprendre aujourd'hui. Autour de la table je regardais les copains qui ne déracinaient pas leurs yeux des cuisses de Dorothée. J'allais les quitter. Je ne me sentais aucunement lié à eux, et pourtant, en songeant que je ne les verrais peut-être plus, ça me tordait drôlement du côté de mon cœur. Déjà, je sentais obscurément que je ne pourrais jamais tout à fait les effacer de ma mémoire.

— Allez ! À ta santé !

Lobe levait son verre devant mon nez. Nous trinquâmes. Dorothée m'embrassa sur les deux joues et son parfum à quatre sous me raclait les narines et je trouvais sa peau toute douce sur mon visage. Je l'aurais bien embrassée aussi mais je n'osais pas.

Notre petite fête se gâcha au moment où Debrer, inspiré, se glissa sous une table et palpa les jambes d'une petite putain. Le protecteur se dressa, courroucé. Lui aussi cherchait les coups. Nous avions de quoi le contenter, et mille de plus. Lobe ne fut pas le dernier à en assener. Il se servait de son bras gauche comme d'un moulinet. Et de sa tête. Son monocle avait été piétiné depuis la première seconde. Loucheur essaya de se planquer dans un coin de la salle où une bouteille vint le chercher et le laissa assommé. De minute en minute, ça prenait tournure dans la salle. Les femmes gueulaient un bon coup, et, nous, nous tapions ferme. Les tables avaient des ailes. Le sang barbouillait les visages, et Debrer, fidèle à son idée, pelotait, pelotait les jambes des dames, à quatre pattes sur le plancher.

Je rentrai chez moi ce soir-là déchiré et marqué. Pesant d'une bonne fatigue physique. Posté dans l'ombre, Totor Albadi m'avait lancé une pierre au passage. Il avait besoin de l'ombre pour ses vengeances de faible.

Ma mère était au lit avec papa. Ça s'entendait. À côté de mon frère Lucien je me fis une place dans le lit-cage. La famille se moquait de savoir si j'avais ou non réussi. Elle devait d'ailleurs être convaincue de l'échec et c'était bien ainsi. J'annonçai quand même la nouvelle à mon frère qui s'était réveillé, et je l'entendis grogner qu'il ne croyait plus depuis longtemps aux mensonges que je débitais. Pour cette incrédulité, au reste bien fondée, il reçut mon coude dans le ventre, avec défense de se plaindre afin de ne pas attirer l'attention des vieux. Lucien était de deux ans mon cadet. Chétif et un peu simple, il sut pourtant ne pas gémir de douleur sous peine d'être raclé au sang. C'était la loi. Nous apprenions la vie.

III

Le lendemain matin, ma mère, étonnée d'apprendre mon coup de chance qui la flattait, me traîna chez Lédernacht m'y choisir un pantalon. Le mien avait des yeux aux fesses. Nous grimpâmes la rue jusqu'au magasin. Le Juif nous ouvrit sa porte. Aux odeurs habituelles de son antre, s'ajoutaient celles des sueurs de la nuit. Ma mère salua le portrait de Judith de qui les seins me rappelèrent les cuisses et l'embrassade de Dorothée. Le Lédernacht il s'affairait déjà. C'était pour un pantalon ? Il allait voir tout de suite. Et le voilà qui se perdait, plongeait, fouillait, disparaissait, ressurgissait, maugréait, crachotait, s'emballait, suait, s'ébattait dans l'immense montagne de vêtements qui s'étendait au centre de la boutique. Il y avait là de quoi vêtir une partie du monde. Dans le fouillis Lédernacht, la misère universelle eût trouvé de quoi se protéger du froid un siècle durant. Ma mère faisait d'innombrables sourires au petit Juif. Lui, soulevait les étoffes, les punaises et la poussière pour essayer de trouver un pantalon à ma taille. C'était du travail, j'en conviens. Mettre la main, comme ça, du premier coup, sur un pantalon pour adolescent de quatorze ans peut paraître simple. Chez Lédernacht c'était un boulot géant. Il y avait d'abord le temps immense consacré à refouler la vermine téméraire. Autant ensuite pour dénicher la région probable où devait se tenir l'article demandé. Moi je regardais Lédernacht s'agiter et bourdonner dans son tas de coton et de poux. Les vêtements venaient en droite ligne des hôpitaux et des saisies, et rien n'était désinfecté. Le petit Juif jugeait que ces délicatesses de l'hygiène ne pouvaient, somme toute, que nous être nuisibles. Il n'avait pas tort. Nous étions tous tellement habitués à notre puanteur, à notre saleté ancestrales, qu'une pointe d'hygiène eût fait figure de luxe et nous nous serions fait égorger par les voisins pour y avoir prétendu. Et je dois dire que jamais la saleté ne tua quelqu'un parmi nous. Il est vrai que nous y étions rompus de toutes les manières.

Lédernacht mit au jour deux tuyaux fripés et tachés. Ma mère s'en empara et les posa sur mes jambes. Le pantalon semblait m'aller. Au jugé. Elle l'acheta. Elle l'acheta à crédit, bien entendu. Le commerce dans notre quartier ne se pratiquait pas autrement. On ne se souvenait pas d'avoir vu quelqu'un acheter et payer tout de suite. Personne n'avait d'argent au moment voulu, les créances s'inscrivaient tranquillement sur les gros livres toilés des commerçants et finissaient par se régler un jour. Même les commerçants, entre eux, achetaient à crédit. C'était la formule. Implantée dans nos cervelles aussi profondément que la crasse dans nos corps.

J'enfilai le pantalon. Le fils Lédernacht, Julius, se trouvait présent à l'essayage. Il rigolait à la pensée qu'on allait désormais me voir me balader en pantalons.

— On va se foutre de ta gueule.

— Qui va se foutre de ma gueule ?

— Moi pour commencer. T'auras l'air d'un paumé. Alors moi je me marre d'avance.

Il me flanquait la trouille noire. Je réfléchissais qu'après tout il avait peut-être raison et que la bande allait me laisser en plan. Je pris la solide détermination de casser la gueule au premier qui rirait. Je serrais déjà les poings. Le fils du Juif se marrait, tordu dans tous les sens. Son père lui intimait vingt fois l'ordre de ne pas se livrer ainsi à des « folleries » — c'était son mot — devant la clientèle. Julius, il s'en foutait. La clientèle c'était nous, ma mère, moi et le pantalon chargé d'odeurs, et il se marrait à en mourir, une petite bave dégoulinante le long du menton. Tout sec, je lui déchargeai mon poing dans la tête pour le ramener à la raison. Il m'insulta en yiddish et alla dans l'arrière-boutique soigner son œil.

Le Lédernacht père, il n'était pas fâché de cet intermède qui le débarrassait de son râleux de bâtard. Et, lâche comme il l'était, il devait se dire que je n'hésiterais pas à le cogner à son tour, s'il gueulait. Ma mère, toute au pantalon, ignorait la scène. Elle avait depuis beau temps contracté la prudente habitude de ne pas se mêler à ce genre d'affaires. C'était de la bonne sagesse. Songeant avec force que Schborn allait peut-être rire lui aussi, si elle m'avait sermonné, je ne me serais sans doute pas retenu de l'insulter. À noter qu'avec elle mon père avait l'insulte facile, et qu'elle en entendait son compte dans une journée. Mais entre elle et lui tout s'achevait dans la chambre.

Lédernacht taillait son sourire le plus abject dans sa barbe rousse, longue. Il me flattait.

— Mon fils est un imbécile. Il ne fait gue des folleries. Le bantalon vous va à merveille, mon betit. À merveille. Fotre maman est une zage dame de ze zervir chez moi.

On pouvait difficilement se servir ailleurs, à moins d'aller à la ville. Il faisait le beau pour éloigner de ses mains mon regard. En parlant, il pelotait doucement les fesses maigres de ma mère. Elle se tortillait sans façon sous la caresse et disait : « N'est-ce pas ? N'est-ce pas ? », en réponse au discours de Lédernacht. Elle savait qu'il m'était égal qu'elle se fît toucher à larges paumes par Lédernacht, mon père, ou un autre. Elle était en plein sans-gêne avec moi. Ce qui ne l'empêchait pas, à l'occasion, de me prêcher un peu la morale, de me recommander d'adorer le Seigneur et de ne pas oublier de réfuter à tout propos la virginité de la Vierge. Maman, ça lui donnait de l'importance de se dire protestante. Elle se faisait moraliste dans la mesure où son sexe était repu.

Culotté du pantalon, je sortis dans la rue. Totor Albadi se trouvait là. Il m'observa, me détailla un long moment de haut en bas, ne sachant au juste quelle contenance adopter devant cette nouveauté. À la fin, il ricana. Sous mon traître coup d'épaule, il s'affala, cul dinguant, en piaillant. Sa mère surgit à la fenêtre de sa bicoque pour me crier : « carne » avec son accent ébréché d'Italienne qui n'assimilera jamais le français. Je ne me retournai même pas. J'allai droit vers Schborn qui me palpait des yeux, ses mains dans les poches, appuyé du pied au trottoir. Il siffla.

— C'est un cadeau de ta vieille ?

— Oui.

— Bath. Dès que j'aurai un peu de pognon, j'irai voir le Juif pour un pareil.

Le pantalon Lédernacht était admis. Je proposai à Schborn de le porter un jour chacun. Je crois qu'il eut envie de pleurer. Mon offre lui paraissait miraculeuse. Lui, à ma place, n'eût pas envisagé une telle solution. Il me dit que j'étais son pote et qu'il ne l'oublierait pas. Notre véritable amitié naquit à cette seconde.

Et dans cette seconde, je compris confusément qu'on ne pouvait combler un homme que dans les limites de ses désirs. Lui apporter de bonnes paroles, l'aiguiller sur les chemins de la droiture quand son rêve est de piller et de rançonner n'est pas une consolation. On ne peut rien faire d'autre pour un homme que lui donner à manger et à boire, quand il a faim et soif. Donner le pain à celui qui marche l'estomac creux, donner le vin à celui qui veut s'enivrer ; et se taire. Il n'y a rien à dire. Seule la vie sait comment elle conduira tel ou tel homme.

Schborn se demanda ce qu'on allait bien pouvoir faire pendant toutes ces vacances. Il était entendu que je chercherais du travail, et il avait très envie de partir avec moi, mais pour l'instant il tenait à mettre d'aplomb, pour amasser tout de suite un peu d'argent, quelque plan de razzia dans les magasins de la ville ; le produit de nos rapines trouvant place chez Lédernacht. On eût dit que la vie de ce village que constituait la zone, commençait et mourait chez Lédernacht, à cause de cette boutique branlante qui ouvrait la rue, là-haut, tout en haut, aux limites du ciel.

Schborn et moi organisions minutieusement ces longues virées. C'était indispensable. Dans notre situation, se faire épingler en train de voler aux étalages équivalait à la mort : la maison, la noire maison de correction (on ne disait pas encore rééducation). La noire maison d'où sortit, un jour de pluie et de vent, Lédebaum, le petit gosse d'autrefois qui avait tenté d'étrangler sa sœur Léna. Le petit gosse d'autrefois avec une tentative de meurtre à son actif. Le petit Lédebaum amoureux de sa sœur qui l'avait élevé. Ce « criminel » au cœur chargé de pureté intacte, de surhumaines possibilités d'amour sincère, qui n'admit pas que sa sœur vendît la seule chose qu'elle possédât : son corps. Comme on embrasse un être qu'on aime, il tenta de l'étrangler, une nuit, dans une chambre d'hôtel en ville.

Lédebaum nous apparut du bout de la rue, grandi par l'âpre souffrance de son bagne. Il n'avait réussi à conserver du passé que deux yeux très bleus d'Allemand pur. Il avait une démarche qui nous étonna beaucoup et que nous nous hâtâmes d'imiter. Les jambes raidies, les genoux pliant à peine ; le pas sonore, massif, les épaules rigides. Il avait de la misère plein la gueule, et, plein la gueule de haine, de rage, de puissance meurtrière. Là-haut, Lédernacht criait au village le retour du petit Lédebaum d'autrefois, mais nul ne le reconnaissait. Et chacun sortait pour le voir. Les hommes demandaient : « Alors fiston ? », et le petit Lédebaum répondait : « La paix. » La paix, voilà.

À nous, gosses, il faisait peur. Droit, solide comme l'arbre dans l'orage, il avançait pas à pas sur le pavé. Et, sous ses pas, le pavé chantait la litanie des crevards. Il avançait, les mains calées dans les poches ventrières de son pantalon de coutil bleu. Les mains sur le ventre, oui, pour contenir la formidable douleur qui bouillonnait au-dedans. Sa bouche était mince. La bouche d'un homme qui a appris à se taire. Il était grand, grand comme Christ portant la Croix, là, pas à pas, sur le pavé. Le pavé qui chantait peut-être la complainte des mal-nés.

Lédebaum enfin s'arrêta. Devant chez Feld, un des deux bistrots de notre zone. Il dit « À boire », et Feld le servit, étonné. Il buvait, le verre haut, la bouche ouverte, le cou renversé. Sur le cou, en bleu de tatouage, une petite tête de femme rigolait en suivant le rythme de la pomme d'Adam. C'était bien là le petit Lédebaum qui sentait le crime lui fourmiller au bout des doigts.

Le soir venu, il était saoul. Saoul mais lucide. Plus grand encore. Et Feld le servait toujours. Sans rien dire. Ça, c'était du spectacle. Tel qu'il n'y en a plus, qu'il n'y en aura jamais plus. Voir Lédebaum, planté, osseux et inquiétant, terrible, au centre de la dégueulasse baraque de Feld, voir tous les habitants de la zone autour de lui comme autour du Messie incarné ; souhaitant qu'il vide son sac ou qu'il tue tout le monde. Dans un coin, au fond, sur une table de tôle volée quelque part, la lampe à acétylène brûlant sa vie par petites flammes ; assis où le permettait la place, les hommes, crachant à terre une grosse salive. Riant à petits coups, bêtement, pour rire, les femmes au milieu des hommes. Et nous les enfants de cette tragédie, nous saisissant le sexe, discrètement, main droite dans la poche trouée du pantalon. Peureux, merdeux, malades, dénonciateurs de la cirrhose héréditaire.

Perdue dans un réduit invisible, au fond de la salle, la mère de Feld, qui avait avec elle vingt ans de folie amère, chantait des mots inintelligibles, sur un air venu des entrailles. Des heures et des heures à chanter, le souffle vigoureux. Nul n'y prenait garde. La mère de Feld, Lédebaum terrifiant, Lubitchs l'aveugle aux yeux ouverts, Jeanjean l'idiot baveux, et le reste de notre cercle : ça c'était le ghetto à nu. Ouvrant le premier œil sur ces visions infernales, on n'envisageait plus par la suite de s'en épouvanter. Pourtant l'horrible chanson folle de la vieille à Feld m'est restée sonore à l'oreille. Aujourd'hui encore, je siffle cet air déchirant quand je vais seul dans les rues. Je vous jure que les passants écoutent. Bon Dieu ! C'est de la musique qu'on a oublié de composer. Ça ne s'invente pas, une mélopée pareille. Ça remonte de la chair à la gorge.

De la bouche de Lédebaum surgit tout à coup le mot : Société. La Société. Social. La gangrène sociale. Je n'avais jamais entendu ce mot, ou alors il ne m'était pas apparu comme important. Ce soir-là, je le retins. Je passai la nuit à me le répéter. Je m'endormis au petit matin avec du froid sur le corps et du chaud dans la tête en égrenant ces mots. Lédebaum le prononçait si bien. Social. Raclant dans sa gorge, se pinçant entre la langue et le palais, jeté avec une morgue infinie. Dans ce mot, il avait concentré sa longue patience de reclus, sa faim, sa pneumonie mal soignée, son initiation aux vices corporels. Tout y était. Tout. Le désir de vengeance des siècles. Le souffle lourd des levées populaires. Les sangs mêlés des serfs et des ouvriers de notre temps. La peine interminable des pauvres, des ratés, des agonisants à perpétuité. La haine des croyances et des pouvoirs. Le mépris des lois, enraciné dur à l'âme des hommes comme lui. Société. Lédebaum, fantomatique, brandissant son verre d'alcool, le dos à la lampe, les lèvres distendues, les larmes rentrées, la colère dans les maxillaires, il nous racontait ses années de tortures. Bercés par la chanson ahurissante de la vieille Feld, ses mots frappaient les crânes. Nous écoutions ses jours d'espérance, ses rêves de la nuit, ses hontes. Nous écoutions sa cellule 1023, au bout du couloir H, deuxième section, et là, l'entassement des détenus, fous, déchaînés, masturbés jusqu'à épuisement. La ronde matinale, dans la cour pavée de gel ou de soleil insupportables. La soupe claire qui provoque les diarrhées meurtrières. Les révoltes collectives au cours desquelles les matons s'en donnent à cœur joie, matraques levées et rabattues sur les nuques. Les lapineries entre détenus. Les jalousies incessantes d'une section à l'autre. Les épreuves de force où le vaincu est ensuite livré au bon plaisir de chacun. La discipline pénitentiaire inculquée à coups de matraque. Les sévices de tous ordres. À commencer par la privation de nourriture. La délation récompensée par un quart de soupe supplémentaire. La férocité des détenus responsables pire que celle des matons, envieux de leur autorité et l'appliquant sans distinction sur les compagnons.

Et puis le jour et la nuit gravés dans les murs, de la pointe de l'ongle. Le jour et la nuit où l'on attend la mort finale ou la liberté. Et puis l'angoisse, et puis les souvenirs d'un autre temps qui chavirent toutes les cinq minutes dans le cerveau, le fracassant, comme les roches un navire.

Nous écoutions. Oh ! oui, nous écoutions ! Moi je serais capable de recomposer chaque mot du petit Lédebaum assassin de sa sœur par pureté et amour.

C'est lui qui m'a enseigné le sens de la misère et de la résignation et aussi le sens de la colère collective.

Le lendemain, comme s'il savait où il allait, il reprit la rue, pas à pas, mains aux poches, regard vissé à l'horizon. Sur la ligne de l'horizon, là-bas, plus loin, au point même où la société devait achever de pourrir dans son informe et odorant fumier.

J'ai retrouvé la trace de Lédebaum, quelques années plus tard, dans les colonnes d'une revue de criminologie. Au village, personne n'avait rien su de sa fin. On ne lisait pas chez nous. Ni les revues ni les journaux. On avait assez à faire de vivre. Ça nous prenait tout notre temps.

D'un esprit plus aiguisé, c'était moi qui fixais le détail de nos dangereux itinéraires à travers la ville. Toujours, rigoureusement, nous les respections ; toute dérogation au plan initial pouvant nous être fatale. Notre plan établi, nous nous y tenions, et pour parer à une éventuelle retraite forcée, au départ de la zone, nous garnissions nos poches de pierres légères, facilement maniables. Nous nous sentions ainsi en mesure de nous défendre. J'imagine aujourd'hui une bagarre à coups de pierres entre des gosses et les agents de police. Inconscients farouches et fous que nous étions.

Nous partions le matin, un peu avant midi. Nous remontions la rue, Schborn et moi en tête du groupe, en chantant. Derrière nous, Chapuizat, qui excellait à courir en zigzaguant à l'occasion, Meunier, de qui le regard sans intelligence témoignait à tout instant, devant Dieu lui-même, de son innocence foncière. Il avait des yeux de jeune veau qui vous ramollissaient le cœur. Grogeat au nez de fouine, qui ne courait pas vite mais qui savait sourire avec tant de candeur qu'on ne pouvait le soupçonner de rien. Il savait aussi poser aux vendeuses des magasins des questions abracadabrantes ou leur débiter avec son bon sourire des grossièretés essoufflantes qui les occupaient au moment voulu.

C'était Debrer, le bossu, qui menait l'affaire de fond en comble, en expert, en prestidigitateur de grande classe. Chaque fois, il procédait de la même manière quant au fond, mais variait ses astuces au gré de sa fantaisie du moment. Et Debrer était un fantaisiste-né. Une fois le rayon repéré à un point du magasin, bosse proéminente, l'air d'un chien battu, Debrer abordait le chef de rayon vingt mètres plus loin, et détournait sa surveillance par une question rituelle qui laissait le type bouche bée.

Debrer tapait sur le bras du bonhomme à vêtements noirs. Il le fixait dans les yeux, une seconde, puis il taillait dans le vif du sujet d'une voix larmoyante, pitoyable, exercée à la sensiblerie. Il plaçait sa rengaine judicieusement éprouvée.

— Monsieur, regardez-moi !

Il se tassait, se tire-bouchonnait, se désossait, se compliquait l'anatomie. Il accentuait sa difformité, exhibait le trou noir de sa bouche. Son œil crachait une larme. Une larme déchirante. C'était du grand art.

— Monsieur je souffre ! Regardez-moi ! Avez-vous vu un bossu aussi laid que moi par hasard ? Je n'ai que douze ans, monsieur, et toute ma vie je traînerai cette misère de dos enflé. Toute la vie ! Vous ne pouvez pas savoir ma souffrance, monsieur. Oh ! Haa !

Le type était suffoqué. Il ne savait que faire, comment prendre la chose, comment agir. C'était le cas surprenant. L'inattendu. Il se sentait submergé sous les beuglements du pantin inconsistant qui poursuivait sa tirade en roulant des yeux.

— Non monsieur, je ne mendie pas ! La seule charité que je demande c'est qu'on m'enlève mon mal. Mais ça, personne n'y peut rien. Personne ! Oh !

À cette exclamation, il s'épanchait d'un sanglot tout prêt, noué à sa gorge. Immanquablement, les gens s'attroupaient ou se bousculaient pour constater. Les vendeuses du périmètre abandonnaient leurs rayons, s'approchaient.

Le chef de rayon, pris dans la foule, se lamentait avec elle sur le déplorable sort d'un tel sous-produit de la nature. Aussitôt, Debrer, sans perdre le fil de l'action, clamait son désespoir.

— Je ne suis qu'un gosse de la zone. Je ne suis que ça ! Un gosse de la zone ! Vous ne pouvez pas vous douter de notre misère ! Regardez-moi !

Il pivotait sur lui-même pareil aux mannequins de haute couture, offrant aux regards, dans les détails, sa lamentable constitution.

Pendant ce temps, Schborn et Julius Lédernacht, que nous avions cueilli au passage dans sa boutique avec le consentement souriant de son père, empochaient la lingerie féminine, les montres, les parfums, la bijouterie de pacotille. (Le père Lédernacht était preneur de tout article.)

Entre le début de la pantomime de Debrer et la fin de notre rafle ne s'écoulaient pas dix minutes. C'était du travail méthodique, bien fait, presque minuté. Et le bossu Debrer se tirait de sa comédie avec quelque argent soutiré aux cœurs spongieux, ce qui nous permettait de déjeuner dans la rue de pain et de charcuterie. Et chaque fois, cependant, Debrer conservait un petit pécule pour acheter un cierge dans une église de rencontre. Cette canaille machiavélique avait la foi. À moins qu'il ne profitât de ce prétexte pour vider le tronc des pauvres. Nous ne l'avons jamais su. Nous l'attendions devant l'église en contemplant les femmes soyeuses et les voitures qui défilaient, et il nous rejoignait une demi-heure plus tard, bossu et hilare, le front dégoulinant d'eau bénite.

En fin d'après-midi, la même scène se déroulait dans un autre magasin. Nous nous mettions alors en marche vers notre domaine en disputant le prix que nous réclamerions au Juif et la part de chacun. Le fils Lédernacht nous incitait toujours à monter nos prix.

— Mon vieux est un salaud, nous, on a les risques. Lui rien. Je le connais, moi, c'est un salaud de Juif.

Dans la semaine, nous voyions la boutique de Lédernacht se fleurir des produits de notre razzia, et personne n'ignorait leur provenance.

Ces excursions se poursuivirent trois ou quatre mois, jusqu'au jour où nous eûmes peur.

Les descentes, les rafles de police étaient nombreuses dans notre coin. On nous laissait rarement en paix, et cela ne nous surprenait pas. Mais un matin, les flics demandèrent à voir les gosses. Ça révolutionna le village. Les mères — mères ! — protestèrent immédiatement de l'ignominie de la mesure. Elles se mirent à crier qu'elles voulaient la justice, rien que la justice, mais qu'arrêter les enfants c'était une infamie. Qu'on ne les séparerait pas de leur progéniture, seul bonheur de leur vie de pauvres ; que ces mignons étaient bien les plus innocentes créatures des cieux, qu'on ne les toucherait pas, foi de mamans ! On nous embarqua tous dans la voiture cellulaire et, deux heures plus tard, nos portraits et nos empreintes prenaient place dans les dossiers de la Préfecture. Notre manège était éventé. Nous décidâmes de suspendre nos expéditions. La semaine suivante, Lédernacht qui s'était rendu en ville avec son père nous signala que les grands magasins avaient fait établir une étroite surveillance. Il avait repéré les flics en civil, nos ennemis directs. Ceux-là, nous les dépistions au flair avec cette intuition subtile des bêtes qui chassent de race. C'est alors que Julius eut une idée magnifique. Elle consistait à voler son père qui ne savait pas exactement — il s'en fallait — ce que contenait sa boutique, et à lui revendre, quinze jours plus tard, ce qui lui appartenait déjà. Dans une cabane du terrain vague, Schborn couchait à côté des vêtements volés par le Lédernacht fils, et chaque dimanche, les bras chargés de vêtements, nous montions à la boutique de son père, en chantant : chez nous, la discrétion en ce genre de choses ne s'imposait pas. Nous frappions à la devanture du Juif, et nous l'emmenions chez Feld où s'opérait la transaction. Avant tous pourparlers, Lédernacht devait nous offrir à boire. Il nous donnait aussi une cigarette de marque juive à l'agréable fumée qui nous tournait un peu le cœur. Le vieux roublard, à qui l'idée d'être sa propre dupe ne venait même pas, discutait âprement avec Schborn afin de gagner quelques sous de rabais. Son fils, artisan majeur de ce trafic, assistait au marchandage, impassible, muet, les yeux brillants à la pensée de la commission importante qu'il touchait chaque fois. Quand Schborn et moi avons quitté la zone, ce commerce était encore prospère.

Ce n'est point par hasard qu'un univers fourmille de phénomènes. Tous ceux qui résidaient là avaient de fortes raisons pour ne pas émigrer. Ce quartier était toléré de la police en vertu des facilités que cette réunion d'individus louches offrait à ses enquêtes. On nous avait à portée de la main, en toute occasion. La police savait où effectuer des vérifications. Ce groupement, ce parcage de hors-la-loi simplifiait les moindres recherches. À chaque nouvelle histoire scabreuse, on nous gratifiait d'une descente dans les règles. Avec interrogatoires et coups dans la gueule. On ne se gênait pas avec nous.

Depuis pas mal de temps déjà des pétitions signées en long et en large exigeaient notre expulsion massive. La police ne bronchait pas. Nous étions sous sa protection, donc dépendants d'elle. Elle conservait parmi nous ses plus fameux points de repère et quelques indicateurs ; encore que la délation n'ait jamais été très en faveur dans notre coin, si l'on excepte Feltin, le second bistrot du domaine, qui collaborait avec les vaches, ayant énormément à se faire pardonner. Feltin, cet être massif et intelligent, respectait malgré tout un certain honneur : il ne vendait pas un type recherché sans l'avoir prévenu au moins trois jours à l'avance. Sans cette garantie d'« honnêteté » on l'eût vraisemblablement retrouvé un soir la gorge proprement découpée, dans sa cabane. Mais Feltin savait vivre.

Je n'ai pas connu toutes les histoires de toutes les familles. Des uns et des autres, j'ai su ni plus ni moins que tout le monde. Entre nous, nous vivions au plein jour, sans secret véritable. Nous retrouvant ensemble, déshérités, dans la même médiocrité quotidienne, nos aventures personnelles se ressemblaient toutes. À quelques variantes près. Le crime est le crime. Quand on sait ce que c'est qu'un homme crevé à coups de couteau, on ne s'inquiète pas de connaître les détails. Que ce fût Tardant qui ait étripé Wieckevitz le Polonais, peu importait. Le Polonais mourut étripé : voilà tout. Tardant n'était pas fou, il devait avoir des raisons pour justifier son acte. Que Feld gardât près de lui sa mère déséquilibrée et se livrât avec elle à des plaisirs particuliers, cela nous était indifférent. C'était l'affaire de Feld. Nous étions habitués, en passant devant chez lui, à entendre l'obsédante chanson de sa vieille et cela paraissait naturel.

C'était d'ailleurs le sublime de notre condition que tout nous parût naturel : les horreurs, les monstres et les désaxés. À notre avis, notre compagnie était celle de gens normaux. Rien de terrestre ne nous surprenait. À l'instant où une tragédie nouvelle éclatait au village, on se souvenait à temps d'un précédent, excellent exemple, qui ne laissait plus de place à l'étonnement ou à la révolte. Qu'un individu comme Lubitchs ait pu nous convaincre de sa cécité ʌlors qu'il voyait clair comme vous et moi, n'impressionnait ni Schborn, ni Debrer, ni Lubresco qui n'étaient pourtant que des enfants. Sincèrement, nous pensions que l'Autrichien était aveugle, et par jeu nous l'induisions souvent en erreur, sans nous douter de sa supercherie. Ce bonhomme maigrelet se laissait faire, prisonnier de sa propre imagination.

Lubitchs était tout de même un cas. Tombé chez nous une année, il n'en délogea plus. Il arriva un soir d'été, précédé d'un bâton peint à la chaux. Ses yeux gris troubles restaient ouverts, tout grands. Ses paupières ne tremblaient pas. Feld le recueillit quelques mois chez lui, lui donnant à manger, puis l'aveugle s'établit dans une cabane en tôle près du terrain vague. Et lorsque quelqu'un y songeait, on lui portait des restes de nourriture. Que cela paraisse impossible ou non, Lubitchs vécut cinq ans dans son réduit, seul, assis sur un tabouret ou couché sur sa paille, sortant dans la rue à la seule condition qu'un gosse le guidât. Nous constatâmes qu'il était normal le jour où le feu prit à sa baraque et qu'il se précipita dehors sans aide. Découvert, il ne répondit pas aux questions. Il maintenait que la peur du danger lui avait rendu la vue. Et bien que nul ne consentît à le croire, il n'en démordit pas. Cerveau de maniaque, Lubitchs avait tout bonnement le goût de la mortification. Sans les stigmates d'une quelconque douleur, il ne pouvait vivre. À tel point que, ne pouvant plus jouir de son mensonge dissipé, un matin il se broya la main droite d'un coup de fusil, à bout portant. Après l'avoir vu aveugle, nous nous habituâmes à le voir trimbaler un vilain moignon violacé. Cela ne changea pas grand-chose à son existence, sinon qu'il ne fut plus nourri par la communauté. Quelque temps plus tard, Feltin nous le signala comme indicateur. Cela lui procurait un petit revenu.

Ce n'était pas par hasard, non, que nous regorgions d'individus surprenants. Nos familles avaient toutes quelques faits assez graves à se reprocher. J'ai connu dans mon enfance nombre d'assassins repentis, d'assassins pleins de promesses et de bandits à tous les degrés ; ils étaient là, hommes entre les hommes, que leurs destins avaient foudroyés. Ils portaient sur leurs épaules le poids écrasant d'une longue suite de déchéances et, comme pour se libérer d'une sorte de contrainte, ils avaient recours, toujours, à la brutalité, à l'exercice de la force, au mal, à la domination facile sur les êtres et les bêtes faibles. On eût dit que leur désir de vengeance n'était jamais assouvi, que c'était continuellement la même vengeance qu'ils appliquaient, qu'ils recommençaient.

Chez nous, en été, chaque soir, des matchs de boxe écœurants menés par des volontaires se déroulaient sur le terrain vague. Et tous y prenaient un plaisir aigu. Hommes, femmes, gosses, nous étions debout, agglutinés, hurlant, trépignant, nous déchirant la gorge en encouragements démoniaques. Dans les derniers rounds, les deux pantins, aveuglés par le sang, la tête enflée, les jambes vacillantes, le corps malade de coups, lançaient au hasard leurs poings et leurs pieds. Notre public, visages crispés, flairait la mort. C'était la mort qui hantait ces combats. C'était la mort qu'on venait chercher, chaque soir en été, sur le terrain vague.

Dans les ultimes minutes, le soir s'allongeant sur le ciel chaud, les femmes, les sens exacerbés, déliraient. À défaut d'une conscience nette des choses, les enfants ressentaient à pleine peau la tension magistrale de ces fauves qui nous entouraient. Chancelants, presque inconscients, abrutis de coups, dans les lueurs des fins de journées les deux adversaires s'attrapaient à bras-le-corps désireux d'un signe de victoire pour les départager. La chair ouverte, la chair saignante, ils finissaient par s'écrouler, ensemble, dans les bras l'un de l'autre et dans l'air épais, le râle, le râle sexuel des femmes montait, bondissait, lancé, projeté hors de leurs ventres, folles, dépossédées, hurlantes comme dans la délivrance. C'était inconcevable et superbe. Il n'était pas rare que les hommes allassent encore écraser de coups les têtes des boxeurs évanouis.

Chaque soir d'été, sur le terrain vague, c'était un hallali humain. Nés au cœur de cette fournaise, nous étions, dès les premiers mois, dépositaires de ses excès et de sa constante fureur. Au surplus nous restions ignorants du monde extérieur et de ses mœurs

IV

Mon père s'était installé dans ce quartier après avoir subi plusieurs fois l'emprisonnement ; convaincu de vol avec effraction et de vol à main armée. Ma mère qui, de son côté, exploitait un don curieux pour l'avortement, l'avait sagement suivi dans sa retraite. Néanmoins, ma famille se rangeait parmi les gens honorables. Jadis, Feld avait tenté de supprimer deux témoins gênants pour lui. À commencer par son père. Feltin avait dans son passé bien des souvenirs encombrants et, tout en l'employant, la police le gardait à vue. Et Dumas, le drogué, Shelbann le nordique eunuque condamné onze fois ; et Malot, un ancien soutier qui avait eu de longs démêlés avec une police étrangère et dont le cas devait demeurer litigieux, car nous le voyions pâlir à chaque visite des flics. Malot qui savait si bien se taire qu'il put crever en liberté, par un tendre après-midi comme les autres, en se tordant sur le ciment de sa baraque à la manière d'un lombric. Sans un cri. Ceux-là et ceux dont les noms m'ont quitté. Crapules. Crapules et hommes, mes frères, n'échappant jamais à une sorte de ravageuse poésie. Le soutier, lui, n'avait qu'un secret : la mer. Il brodait, la voix lointaine !

— Quand je naviguais !... Écoutez ça !... Quelle foire ! La mer et encore la mer et les ports et les putes et le goudron et les cordages et les noyés et la mer !... Quelle vie !... Et dire que je crèverai ici !...

Il ne tarissait pas sur ses aventures de matelot.

— Un soir, à Lourenço Marques, en Mozambique, dans le Sud, tout au bas, dans le vrai Sud, à Lourenço Marques, pas plus tôt sur la terre, qu'est-ce que je vois ? Une gonzesse. Noire. De l'ébène. Je la voyais de dos. Des miches qui se baladaient de droite à gauche. Des belles miches de baiseuse. Une noire, vous me direz... Moi, je m'en fous. Je lui cours après, je voulais pas la perdre. Je voulais me l'envoyer. Il me la fallait. J'étais comme ça pour les femmes. Dès que je mettais le pied à terre j'avais envie d'une grognasse, noire ou pas noire, ou rouge, ou jaune, une femme quoi, la première que je voyais. Celles qui traînent sur les quais, elles sont pas farouches. Moi je vous le dis. Donc, je cavale après ma négresse. Je la suis un bon moment, pour le plaisir de voir onduler ses fesses. Un vrai tangage. Je commence à m'imaginer des trucs, des tas de trucs ; avec les colo-

rées je ne me gênais pas, ça se comprend.
J'imagine la petite poule dans mes bras, tout
contre moi, ses seins écrasés sous moi et mes
mains qui tiennent ses fesses par en dessous. Je
la quitte pas des yeux. Je vois que ça : son cul,
son beau cul de baiseuse. Ça me captive, je ne
peux plus regarder ailleurs. Il faisait chaud à
crever ! Un chaud humide comme c'est là-bas,
à Lourenço Marques, dans le fin fond du Sud,
en Mozambique. Je me dis que je vais traîner
un peu avec elle avant de la coucher. Une petite promenade bras dessus, bras dessous pour
faire connaissance, avant. Je me dis que c'est la
chance qui m'a fait tomber sur cette occasion
unique ! Que j'aurais tout aussi bien pu ne pas
mettre la main sur une ménesse de ce calibre,
si on était arrivés une heure plus tard. J'étais
tout excité ! Je me donne encore cent mètres
avant de la prendre par le bras et de l'emmener avec moi. Je me régale l'œil pendant cent
mètres encore et je lui prends le bras... Elle se
retourne et j'ai sa tête devant moi. Jamais
j'avais vu ça ! Une tête sans lèvres, les dents dehors... Une gueule de cauchemar... De dos, on
aurait pas pu croire ça... Je revois encore ses
fesses... À droite et à gauche... J'étais vidé.
C'était à Lourenço Marques, dans le Sud... Je
suis jamais retourné là-bas...

Malot se perdait corps et biens dans ses souvenirs. Sa mémoire était son port d'attache. Il
revivait son passé et s'évadait ainsi de son état

présent. Sans ses chimères en propre, nul n'aurait pu vivre notre existence. Il n'était pas, chez nous, un être qui n'eût son rêve. Malot avait ses bateaux, ses pays lointains et la mer, les fièvres, les souvenirs de bordées fantastiques, des noms et des visages de filles, de putains démoniaques ; de malheureuses créatures, la faim au ventre.

Mon père avait son illusion qui consistait en des crises périodiques et prolongées durant lesquelles il parlait de tout laisser en plan, à commencer par la zone, de tout laisser là, tout de suite, sans plus tarder, de trouver un travail sérieux, rémunérateur, dans une bonne entreprise de la ville ; de ne plus boire une seule goutte, de s'installer avec sa famille dans un immeuble à bon marché du boulevard, pas loin, de rompre avec les connaissances du ghetto, de chercher d'autres amis d'un niveau plus élevé, d'économiser sou par sou afin d'acheter une maison à la campagne où nous passerions nos dimanches, nos vacances et les jours de fête, de nous vêtir de neuf et non plus chez Lédernacht, d'apprendre à nous tenir correctement en tous lieux et de parler de façon commune et non plus grossièrement. Il expliquait de bout en bout sa façon de voir.

— Voilà, disait-il, voilà !... Les fortifs, ça ne serait plus qu'un mauvais passage dans ma vie, une faille, ou pour mieux dire l'époque de la merde à tous les degrés. La Sophe et les deux

mouflets me suivent. Qu'est-ce qu'on risque ?
Rien ! Rien et moins que rien. L'important
c'est d'avoir une bonne fois la volonté de se
tirer de ce lotissement du malheur. Après, tout
ira bien. La Sophe, moi, et les garnements, on
se carapate vers la ville. En baratinant les bi-
gnoles du coin, c'est bien la fin du monde si
on ne déniche pas ici ou là un toit pour tous
nous abriter. Un grenier pour commencer.
Qu'est-ce qu'on risque ? Rien et moins que
rien. Moi je cherche du boulot. C'est pas pour
me vanter mais je sais tout faire de mes pattes.
Je suis pas embarrassé. Des patrons, j'en trouve-
rai où j'en voudrai. Un travailleur comme moi,
on n'en voit pas tous les jours. Que ça soye de
la mécanique, du bois ou de la brocante, moi
je sais tout faire. Tout ! Y a qu'à me regarder
dix minutes, on voit à qui on a affaire. Bon. J'ai
trouvé du boulot. Du sérieux, du qui rapporte.
C'est déjà un point. La Sophie, elle peut mar-
ner un peu de son côté, à sa guise, sans s'in-
quiéter ; juste pour rapporter un peu, tout en
faisant son petit boulot à elle. Ça comptera
pour le plaisir, le pognon qu'elle ratissera. Bon.
Les mômes faut leur faire une situation. J'y
pense. J'y pense... Lucien il est con. Faut le
dire. Lucien c'est aussi mon gamin, mais il est
pas bien dessalé le pauvre. Alors je le place en
apprentissage. On le prendra toujours pour
faire les courses ; il n'est pas con à ce point-là.
Pour l'autre, il tient de moi. De ma famille.

Chez lui, y a que le cerveau qui marche. Tout mon portrait, sauf qu'il ne veut rien foutre de ses doigts, alors que moi, pardon ! Lui, je le mets à l'école. Je le ferai tenir serré. C'est un voyou, une fripouille. Si on est trop bon avec lui, il se croit tout permis. Je préviendrai qui de droit et on le tiendra à la vis, et il arrivera ce mominard, il arrivera, c'est certain, il tient de moi. Moi, si on m'avait tant soit peu poussé !... Et on est tous peinards, tous les quatre. On planque un peu d'oseille à chaque fin de mois en vue de la maison de campagne, et on est les rois ! Je vois d'ici la Sophie tout de neuf habillée et qui se tortille dans la rue aussi bien que les grandes dames. Elle a de l'allure, y a pas à dire. Je la vois sur son trente et un ! Et les deux gosses avec un béret de marin « Neptune » et moi avec un gilet et une cravate à pois. On est les rois. Et qu'est-ce que ça coûte tout ça ? Rien, moins que rien. Plus boire comme on fait ici, à se saouler la gueule sans arrêt, pire que des bêtes ; parce que je vais vous dire une bonne chose : les bêtes quand elles ont plus soif, elles boivent plus. Tandis que nous, misère ! On picole, en veux-tu en voilà ! Que c'en est une honte ! Et plus on en absorbe, plus il nous en faut. Et pendant qu'on boit qu'est-ce qu'ils font nos mômes ? Ils prennent de mauvaises habitudes à se baguenauder sans surveillance. Ils se dévoyent ! Parfaitement ! Et c'est nous qu'on est les responsables ! Et ils ont sous les yeux le plus mauvais exemple ! Quand je serai en ville et pépère, un gosse à l'école et l'autre en apprentissage, j'aurai plus rien à me reprocher. Voilà, disait-il, voilà.

Fallait l'entendre raconter son histoire. Ma mère ne pouvait supporter cet excès d'imagination, elle qui n'en avait pas. Elle sombrait dans d'intenses colères, et lui reprochait d'avoir dévoré à belles dents une dot hypothétique (je n'ai jamais tiré ce point au clair), de l'avoir amenée dans cet univers et elle en venait à le traiter de maquereau, de fainéant, de raté, de mollusque, et mon père, tout à son rêve, la laissait s'enflammer.

Au demeurant, si nous l'avions écouté, nous eussions cent fois déserté la zone et cent fois y fussions revenus tant il était incapable de travailler régulièrement. Entre-temps, notre mobilier rudimentaire se fût volatilisé, car dans son enthousiasme mon père laissait tout sur place, mettait la clé sous la porte et remontait glorieusement la rue, à la rencontre de la Chance. Ma mère, Lucien et moi à la queue leu leu derrière lui.

Lorsqu'il était dans cet état de demi-hypnose, il planait, il méprisait la terre et ses habitants. Il en profitait pour ne plus travailler du tout, mais en échange il ne buvait plus. Il passait ses jours à se promener, les mains dans les poches, du terrain vague à chez Lédernacht et vice versa, en sifflotant, heureux, content de lui, plongé dans une belle euphorie. Si ma mère l'appelait, il ricanait et continuait sa promenade, roulant les épaules, pataugeant dans la boue qui ne séchait jamais. Il parlait aux uns et aux autres, mais avec réserve, avec condescendance, d'un air très supérieur. Il examinait la zone de bout en bout. Toutes les baraques défilaient tour à tour dans son œil. Il les palpait, les soupesait, les caressait du regard, comme on fait d'un objet aimé dont on va se séparer. Il disait à Meunier :

— Tu devrais mettre deux ou trois moellons sur ton toit, il va foutre le camp.

Il conseillait. Devant chez lui, Shelbann avait installé une cage pleine d'oiseaux multicolores. Mon père jouait du doigt avec eux à travers le grillage, les écoutait chanter, souriait. Il poussait à l'est, jusqu'au boulevard, donnait un coup d'œil attentif aux premiers bâtiments collectifs qui s'érigeaient en bordure de notre domaine. Il interrogeait même les concierges sur les avantages, les commodités et les inconvénients des appartements à bon marché. Le soir, il revenait et nous mettait au courant.

— L'appartement à bon marché, c'est bien. Il en faut, c'est entendu, mais c'est construit en carton-pâte. On entend les voisins. On n'est pas chez soi. Et les gosses sont dehors, dans la cour, vous voyez un peu ! Y a pas d'intimité !

Sur la zone, l'intimité ne manquait pas. Une intimité d'environ trois cents personnes.

Il jouait les mécontents. Il s'évadait, il se libérait, il vivait dans sa chimère. Fragile mensonge.

Retourné sur lui-même, ce faible, cet être inférieur et bête et lâche, bâtissait à son usage un monde fabuleux sur lequel il régnait. Ce monde, il l'avait clairement en tête. Il le polissait, le façonnait à mesure que passait le temps. Il en connaissait les détours, les dangers, les joies, les risques, les agréments, les bons et les mauvais jours. Les enfants aussi inventent des sociétés entières, bien équilibrées, dans leurs petites cervelles.

Quand il n'y tenait plus, il exposait à la zone réunie, un peu ébahie, le labyrinthe extra-compliqué, le mécanisme baroque de sa passionnante aventure intérieure. Quand il n'en pouvait plus de ruminer, tout seul, son histoire, il cherchait chez ses compagnons d'infortune un espoir, un élan, un mot pour consacrer sa vision. Peu avant mon départ, je compris la portée pénétrante de son rêve. C'est ce jour-là qu'il s'expliqua le mieux sur ses projets, qu'il dépeignit en artiste le monde fictif qu'il s'était créé. Rien n'y manquait. Il en était à ce stade où l'on ne démêle plus nettement le réel de l'invraisemblable. À mesure qu'il parlait, son royaume se dégageait des brumes de son cerveau d'alcoolique. On l'écoutait. Cela en valait la peine. C'était un beau roman. Les hommes et les femmes se tenaient autour de lui qui pérorait. À voir tous ces visages sales, barbus ou maquillés sur la crasse, on s'apercevait avec stupeur que chaque auditeur s'identifiait au personnage qu'était censé représenter mon père. Son discours ne tombait pas dans le vide. Il prenait une profonde résonance d'authenticité. La même résonance pour chacun : celle du bonheur entrevu. Seule, ma mère n'entrait pas dans le jeu. L'imagination et la sensibilité lui faisaient défaut. Agacée de l'attention, du recueillement que provoquait son Adolphe. Elle ne voulait rien entendre. Elle marmonnait des menaces de folle, révoltée par tant de divagations, par tant d'incohérence dans l'esprit, gardant sur le cœur des années de misère et de féminité bafouée. Quand je revois mon père sous cet aspect du rêveur impénitent, je suis tenté d'être clément à son égard... Mais il y a le reste.

Sa crise, calmée aussi rapidement que surgie, la chute était brutale, cruelle, insoutenable. Il se ruait alors au bistrot et buvait sans mesure, la journée entière.

Moi aussi j'avais mon rêve. Nous avions, tous, notre rêve. Le même. Rêve universel des pauvres qui cherchent à émerger du chaos.

Schborn et moi, dès que nous avons pu échapper à cette termitière, nous sommes partis. L'heure était venue où une telle existence nous était insupportable, alors que le reste des habitants ne faisaient rien pour fuir. Schborn, quelques années plus tard, retourna s'enliser dans ce délabrement avant de se jeter dans le fleuve, un matin de Noël. Un matin glacé, tout métallique et blanc. Un matin d'enfants heureux devant les arbres illuminés. C'était une manière de foutre le camp.

Le moins gangrené de nous tous était le père Lédernacht qui, à part son commerce clandestin de drogue, restait irréprochable ou presque. Je me rappelle très bien.

Au milieu de l'espace où êtes-vous en ce moment Lédernacht fils, Debrer, Chapuizat, Meunier ? Dans quelle prison, dans quels chagrins inconnus et profonds, dans quel détour de la peine ? J'ai suivi vos traces, année par année, et finalement mon destin, qui n'est pas moins nébuleux que les vôtres, m'a emporté ailleurs et n'a abandonné à ma mémoire que vos noms et vos figures barbouillées et cruelles d'il y a quinze ou vingt ans. Vos figures de démons pauvres. Je n'ai pas oublié. Le poison commun gueule dans mes veines et m'empêche de vivre comme les autres, souriants et légers d'insouciance. Toujours, vous pourrez m'aborder, où que je sois. Je tendrai ma main et ma poitrine pour vous y serrer. Si j'ai la nourriture, je vous nourrirai, si j'ai l'argent, je vous le donnerai et, en plus, mon amitié et mon cœur. Et ma peau si vous en avez besoin. Je sais d'où je viens. Je n'ai pas renié ma race. Je sais que là-bas la vie était pareille à la terre, noire, sale. Qu'elle ne pardonnait pas. Ni le mal ni le bien. Je sais que tout y était sujet à ordure et à désespérance. Je sais qu'on n'empoigne pas le malheur, qu'on ne lui fracasse pas la tête. Que ce n'est pas une question de force. Vous pouvez amener demain vos pitoyables dépouilles : je pleurerai en vous accueillant, les bras ouverts. Vous pouvez m'appeler, je n'aime bien que la misère des hommes. C'est un bout de notre vérité, la misère. Ça vous fait tenir les yeux écarquillés. Ça vous dérange. Ça vous détruit. Ça vous réforme. C'est mâle, la misère. Faut l'écouter ou s'en aller. C'est exigeant. Vous pouvez m'appeler. Je vous reconnaîtrai. Toi, Lubresco, dans ta démarche élégante, dans ton port de tête étonnant pour un pauvre, dans ta façon suprêmement musicale de prononcer le moindre mot. Toi, Meunier, dans ton humilité héréditaire, dans ton sourire qui n'ose rien. Et toi aussi, Totor Albadi, viens si ta jambe folle ne t'a pas entraîné dans le faux pas mortel. Moi je saurai comment vous parler. Faites-moi le signe de reconnaissance. Vous ne me gênerez jamais. Je suis seul sur la terre. Je peux, dès ce soir, vous suivre au bout du monde. À ce bout de terrain où notre vie a pris racine. Vous pourrez m'entraîner dans le tourbillon. J'ai l'habitude. Je n'ai pas beaucoup changé. Et je suis peut-être le seul à vous attendre.

Quand nous ne jouions pas à nous flanquer des raclées, à nous écorcher, ou à faire hurler d'énervement Totor, Jeanjean ou Blaise, un autre idiot, nous étions désemparés. Il y avait alors le concours de salive.

C'était généralement le samedi matin. Je sortais de chez moi avec un bout de pain, mon petit déjeuner, et déjà, dans la fraîcheur, découpé sur l'horizon des gazomètres qui bordaient le terrain vague, tel un jeune dieu inconnu, Schborn, mains dans le dos, seul au centre du terrain, salivait de tout son cœur. On voyait depuis la rue la petite mousse blanche jaillir de ses lèvres avancées, monter en l'air, rapidement, et retomber en chandelle. Schborn détenait, grâce à une savante projection de langue, le record de hauteur. J'étais champion de la distance en longueur, perfectionnant sans cesse ma façon de souffler la salive après l'avoir condensée entre mes joues. Et j'étais encore le seul à savoir cracher en arrière, par-dessus la tête, sans faire d'autre mouvement qu'un bref décalement du cou au départ du jet.

Entre deux coups de salive, Schborn là-bas, de si bonne heure, mordait à belles dents sa tranche de pain. Rien de tel que mâcher longuement la mie pour qu'il vous monte à la bouche assez de salive afin de prétendre à tous les concours de cette nature. Le samedi, c'était le jour des glandes. Je me levais de bon matin.

Ça me tenait bien avant les aurores. Je bourrais un peu mon frère Lucien dans le lit avant de me mettre debout. Je pensais à notre journée. À cette matinée heureuse. Ça me tapait gaiement dans le cœur. J'avais envie de crier et de rire. Le samedi, pour nous, c'était la joie. Je ne tenais plus en place du tout. Dès que j'entendais les vieux bouger, je sautais par terre. Au lever, ma mère, elle se présentait inabordable, grognon, nerveuse et odoriférante de la nuit. Il lui fallait une heure pour se mettre au diapason de la journée. Je recevais ma claque en apparaissant devant elle. Inévitable. Elle avait besoin de se détendre. J'étais là pour ça. Ensuite elle me taillait une tranche de pain que j'attrapais au vol, et je sortais.

J'ai aux narines l'odeur particulière de ces matins de frêle bonheur. Rien n'avait changé dans le décor, mais il me semblait que l'atmosphère n'était plus la même. J'aurais voulu parler à tout le monde et les embrasser et les étouffer de gentillesse. Ça brûlait en moi. Ça se consumait. C'était tout neuf. C'était le bonheur, quoi. Je ne sais comment dire.

Je traversais la rue et je disais bonjour à Feld qui se grattait le nez, tout seul sur sa porte. Sa chemise crasseuse sortait de son pantalon, sa braguette était ouverte, ses pieds, nus dans de vieilles savates, étaient noirs.

— Jour, m'sieur Feld.

— Jour, môme.

— Ça va, m'sieur Feld ?

— Ça va.

Et il ajoutait :

— Ça va, mais c'est quand même une putain de vie.

Il attrapait un vieux balai et bousculait un peu la poussière devant chez lui. Je le regardais faire un moment. Je le trouvais con de s'esquinter à un pareil boulot. Ça ne voulait rien dire. C'est la zone tout entière qu'il eût fallu balayer, épousseter, aspirer de fond en comble, d'un large coup. Et y mettre le feu après, pour être bien sûr de la disparition de toute vermine. Ça, c'eût été du beau travail ! Tandis que Feld avec son balai miteux, tout chauve, avait l'air d'un paumé devant toute cette saleté accumulée. Vingt mètres plus loin, Schelbann ne dormait plus. Il arpentait la rue doucement.

— Ça va, m'sieur Schelbann ?

Il secouait ses épaules énormes de marin du Nord. Il était athlétique. Une force de la nature.

— Oui, môme. Ça irait sans la merde. Ça irait sans la merde...

Et ça, parole, il y en avait partout. Malot, lui, répondait bonjour sans plus. Le père Chapuizat, type efflanqué aux yeux clignotants, tuberculeux de toujours, regardait le ciel avant de répondre.

— Ça ira si le temps va.

La pluie ou la brume lui amenaient toute

une séquelle de maux, du rhumatisme à l'asth-me ; et la chaleur l'étouffait.

— Ça ira si le temps va. Mais le temps ne va jamais pour moi. Je souffre...

Ce qui ne l'empêchait nullement d'être saoul vingt-quatre heures sur vingt-quatre.

Je traversais la rue en mangeant mon pain et je crois bien que j'étais joyeux de mâcher ce croûton toujours un peu rassis, d'aborder un samedi nouveau, de penser à la quantité de salive que nous allions disperser au vent. Tout n'était pas noir peut-être. Il y avait ces instants de paix fugitive volés à la vie, malgré elle, de force. C'était une petite fenêtre qui s'ouvrait à l'intérieur de nous, laissant pénétrer une douce lumière chaude venue de cette obligation qu'éprouvent les êtres à se saisir du plus infime embryon d'espoir.

Les mains en porte-voix je criais :

— Iheip !

Et Schborn, long, mince, se retournait et criait :

— Iheip !

Comme égaré dans le passage de la nuit, ce cri nous ramenait en surface, nous prouvait que nous étions encore bien vivants et qu'il ne nous serait peut-être jamais interdit de crier « iheip ! » à un bon copain qu'on a du plaisir à revoir. Iheip la vie ! Iheip la garce ! Dans nos peaux de petits hommes nous te haïssons.

Iheip la vie ! Nous venons de t'arracher un cri de joie humaine !

— Iheip Schborn ! Vieux camarade, m'entends-tu ?

— Iheip ! À nous deux nous sommes forts !

Schborn me tendait la main. Il donnait sa confiance dans sa main.

— Je m'essaie, disait-il.

— Je vois.

— On dira ce qu'on voudra, mais pour ce qui est de la hauteur, on me battra jamais. Je crains personne. Parole.

Ou alors il n'était pas à son aise.

— Merde. Y a des jours où les choses ne vont pas. Ce matin ça va pas. J'ai à peine de jus dans la gueule.

Et en attendant les autres, nous brûlions le temps en nous exerçant. Pour me mettre en train je faisais passer deux ou trois jets par-dessus ma tête. Schborn m'admirait.

— Bon Dieu ! T'es fort ! J'arrive pas à ton truc. J'ai essayé encore tout à l'heure avant que tu viennes. Pas moyen.

— C'est rien... C'est un truc voilà tout. Comme le tien pour la hauteur. Rien qu'un truc...

— C'est un truc, mais ce que tu fais je devrais pouvoir le faire. Pas d'erreur. Toi si tu voulais tu cracherais peut-être aussi haut que moi.

— Ça non. T'es caïd là-dessus.

Ça lui plaisait d'entendre confirmer ses succès. Il n'était pas vaniteux mais il se consumait d'orgueil. Il me rendait la politesse.

— Mais non, t'es aussi caïd que moi. Tu pourrais y arriver. Sûr.

— Non. Moi c'est pour la longueur et le truc de cracher en arrière. La hauteur ça me connaît pas.

Il en revenait alors à une constatation que j'ai entendue mille fois ou plus de sa bouche, et qui s'avérait à peu près exacte.

— On doit être aussi forts l'un que l'autre. On est les moins cons de tout le ghetto, alors ?... Et quand on s'y mettra, tu verras. Ça chauffera dur ! Tous dans notre poche qu'on les mettra ! On foutra d'abord le camp d'ici. Ici y a rien à faire. Et ailleurs...

Il étendait son bras dans une direction qui désignait tout aussi bien la ville proche que les continents, à l'autre bout de la mer.

— Et ailleurs, ils sont aussi cons qu'ici. Ce qu'ils ont pour eux c'est le fric. Le fric ça se prend, ça se trouve, ça se vole. Une fois le fric dans nos sacoches, on les possédera tous.

Schborn voyait le monde comme une enceinte immense et populeuse où les plus téméraires livraient combat, poitrines nues, jambes raidies, bien accrochées au sol, dans la position des concours de salive. Le vainqueur était le maître. Celui qui crachait le plus haut de tous était paré contre la vie. Une fois pour toutes. Il

72

s'était forgé une image étrange et féerique de la vie. De la vie des « lopes ». Les lopes, c'étaient les gens de la ville. Ceux qui bouffaient à plus faim, tous les jours, qui s'habillaient à plus froid, ceux qu'on voyait aux terrasses des cafés boire avec des chalumeaux dans des verres interminables des liquides joliment colorés. Il s'imaginait que les lopes étaient tombées du ciel avec de l'argent plein les mains. Étaient nées possesseurs des biens. Pour nous, les gens de la ville étaient des ennemis, tous, sans distinction. Nous ne nous trompions pas tellement, mais nous ne savions pas encore que dans différents endroits de la ville existaient des quartiers pauvres, où vivaient des pauvres gens qui n'avaient comme avantage sur nous que celui de l'honnêteté. Nous autres, en plus de notre misère, subissions un délabrement moral. Schborn et moi étions persuadés que, franchies les limites de notre terrain vague où s'entassait le remblai, la richesse s'étalait à profusion. Que les lopes étaient fatalement des « Capital » (nous ne connaissions pas le mot capitaliste et il ne nous venait pas à l'esprit de l'inventer). Notre ignorance de la vie était telle, que nous en étions à croire que boire avec une paille une de ces boissons jaunes ou vertes, le dos calé à un fauteuil de rotin à la terrasse d'un café, symbolisait la réussite. Et plus tard, nous nous crûmes sauvés le jour où nous eûmes assez d'argent pour commander un grand verre à un garçon en veste blanche. Nous réclamions partout des pailles et des grands verres, dans tous les bistrots. Mais, soudain, le ridicule nous apparut et, comme les pauvres de naissance, nous eûmes honte. Schborn cachait sa peine sous de la colère.

— Quoi que nous fassions, nous serons toujours des pauvres ! Les autres peuvent manger avec un tube, ils seront « décents » — un mot qui l'avait frappé. Nous deux, on reste pauvres jusque dans nos sourires.

Jusque dans nos sourires. C'est ce que les pauvres savent faire le moins bien : sourire.

— Nous savons même pas parler. Pas savoir parler, c'est la fin de tout. Il y avait trop d'étrangers chez nous. On saura jamais tout à fait la langue.

Dans notre ghetto, ils foisonnaient, les étrangers. Tous ces émigrés ne trouvaient pas, une fois sur place, le travail souhaité. Ou quelquefois, des entreprises les embauchaient en masse pour minimiser le prix du travail. Durs à la peine, ils travaillaient — les Polonais et les Italiens surtout — pour un salaire d'esclaves. Le même jour, sur les chantiers, les ouvriers indigènes leur tombaient dessus à coups de pierres en les insultant. Tous ces déracinés comprenaient mal la fureur des autres. Ils ripostaient et on les embarquait pour le Commissariat central en les sonnant durement.

Une année, il y eut un scandale. Une importante entreprise de la ville fit venir à ses frais trois cents sujets arméniens qu'elle employa deux ou trois mois dans ses usines pour dévaloriser les salaires. De graves échauffourées s'ensuivirent, qui obligèrent l'entreprise à réemployer les ouvriers d'origine. Avec désinvolture on licencia les cobayes arméniens. L'expérience faite, on n'avait plus besoin d'eux. Se trouvant en pays étranger, ils n'avaient aucune revendication à formuler. Ça, c'est la loi. Il ne leur restait plus qu'à crever de faim ou à voler. À trois cents, bien décidés, ils eussent pu mettre la ville à sac. Dommage qu'ils n'y aient pas pensé. C'eût été de la belle ouvrage. De celle qui porte tout à coup à réfléchir sur la condition de l'homme qui n'est tout de même pas un rat.

C'est chez nous que se rabattaient ces pauvres bougres. La misère loge où elle peut. Et nous étions habitués à entendre dix langues différentes et des accents intraduisibles. Schborn, à travers ses erreurs et ses rêves, avait compris le danger.

— Pas savoir parler, c'est la fin de tout.

Il nous fallut du temps pour découvrir plus tard le sens d'une quantité de mots que nous n'avions jamais entendus. Ce qui prédominait dans notre univers en matière de langage, c'était l'injure. La grossièreté. Sur ce chapitre, je me crois imbattable. Au temps où la déchéance nous guettait, seuls dans la ville, nous avions encore à nous débattre contre les formes de l'expression. Les souliers éculés, les vêtements râpés, l'estomac malade de vide, nous attrapions des mots au vol dans la rue, dans les cafés, partout. On peut, derrière un langage précis, dissimuler pas mal de ses origines. Je n'y suis jamais tout à fait parvenu.

Samedi matin. Iheip ! C'est Schborn qui ouvrait la joute avec moi. Je cambrais le corps, les deux jambes solides dans un parfait équilibre. Schborn prenait une allure de seigneur négligent, le cou penché en arrière, les yeux cloués au ciel. Les gosses étaient là. Il n'en manquait aucun. Chapuizat, puissant, Grogeat, le dos rond, Meunier, chétif, Debrer, roulant sa salive dans sa bouche édentée, Lubresco, l'œil amusé, Julius Lédernacht, le visage crispé par l'attente, Totor Albadi, sa jambe abandonnée, Jeanjean, l'idiot, la bave dégoulinante, Blaise, le crétin, les épaules tombantes, ne comprenant pas la nécessité d'une telle épreuve. Et les filles : Thérèse, aux yeux si clairs qu'on en avait peur, comme d'une eau profonde ; Emmy, la fille de Feltin, qui se masturbait en public ; Marguerite, bâtarde n'appartenant à personne, s'offrant aux hommes dès quatorze ans ; Séprina, issue de Russes riches et ruinés, plus crasseux à eux seuls que toute la zone réunie ; Catherine, maigre et à demi aveugle, qui devait disparaître deux ans plus tard.

Schborn me disait : « À toi », et je jetais une mousse fuselée. À cinq mètres de là, Lédernacht vérifiait les résultats, les enregistrait, traçant sur la terre, du bout de son soulier, une marque décisive. Schborn, qui crachait en l'air, disait simplement sa certitude d'avoir pulvérisé son propre record, et nous nous accordions à lui donner raison. Après nous, les concurrents s'alignaient. On les voyait agiter leurs joues. Ils préparaient le jet. Schborn donnait le départ. Ils crachaient. Jamais à notre dimension. Ils s'y reprenaient à dix ou vingt fois. Leur salive épuisée, ils s'écartaient. Les filles s'essayaient à leur tour. Elles crachaient généreusement mais sans technique, bêtement, et cela ne dépassait pas la pointe de leurs chaussures. Thérèse, seule, savait le faire correctement, mais sans puissance. C'était un jeu amusant que les gosses, aujourd'hui, ne pratiquent plus. Peu avant midi, les hommes descendaient nous voir au terrain vague. Ils admiraient, ils applaudissaient. Au bout d'un moment ils prenaient part à la compétition. Le vieux Lédernacht ne trouvait jamais assez de salive dans toute sa petite personne pour composer un crachat de valeur et qui eût une portée. Il rageait. Il se démantibulait le cou sans parvenir à un résultat. Son fils le traitait d'incapable, et le tournoi s'achevait par une furieuse engueulade en yiddish.

Les yeux exorbités du père vomissaient son inchdignation d'avoir mis au monde un bâtard si insolent. Si peu respectueux. Le fils en profitait pour lui démontrer par des gestes obscènes qu'il n'était qu'un petit Juif pourri. La grande rigolade du ventre s'emparait de nous. Nous excitions les deux gueulards jusqu'à la dépossession de la raison, et le fils venait manger chez nous, son père refusant huit jours durant de le nourrir. Julius prenait une cuisante revanche en le volant de plus belle. Aimer ou haïr, chez nous, n'avait pas grande signification. (C'est une douce petite fille qui, plus tard, m'enseigna le sens de l'amour et ses résonances.) Pourtant Julius haïssait vraiment son père. Le rencontrant ivre le dimanche soir dans le ruisseau de la rue, il lui bourrait le corps de coups de pied. Il l'eût volontiers tué. L'autre était si avare, d'une avarice de bête solitaire, que son fils rêvait du jour où le vieux serait malade, pour liquider à tous vents le global de la marchandise. Le vieux le savait. Et malgré un début de pneumonie, il passa tout un hiver rivé au comptoir de sa boutique glaciale. Accepter de s'aliter, c'eût été la faillite.

L'après-midi s'avançait à pas de velours. L'ennui nous prenait. Nous avions épuisé tous les jeux possibles. Nous fumions quelques cigarettes volées ou offertes, et brusquement nos nerfs se tordaient irrésistiblement. L'atmosphère s'électrisait. L'oisiveté nous devenait intolérable. Il nous fallait des cris. En chiens dociles, les trois malheureux ne se sauvaient pas. Comme hypnotisés, Totor Albadi, Jeanjean et Blaise nous observaient de leurs yeux éreintés de vivre. Ils allaient subir le supplice, et peut-être le supplice leur était-il nécessaire. Schborn se levait. Sans un mot, sans un ordre, les trois créatures étaient empoignées et traînées à l'extrémité du terrain vague. Ce lieu était tranquille, peu emprunté. Nous les emmenions en les bousculant et cela nous détendait que d'appliquer notre force. Totor, le plus nerveux des trois, hurlait le plus fort. Blaise pleurait en silence, comme ces veuves de condamnés qui attendent devant la porte des prisons, à l'heure de l'exécution. Jeanjean, le pauvre être falot de qui la colonne vertébrale s'affaissait chaque jour un peu plus, était le plus long à comprendre ce qui l'attendait. L'opération se renouvelait cependant assez souvent pour qu'il en eût souvenance. Dès qu'il prenait conscience, il poussait des glapissements de porc égorgé. Il ne pleurait pas. Je ne l'ai jamais vu pleurer. Il n'avait pas de larmes. Il criait, à n'en plus finir. Dans les regards de ces trois fils d'alcooliques, j'ai vu cent fois la terreur de la force.

Nous leur commandions d'abord de se battre entre eux sur le tas de remblai, au milieu des ordures. Ces chairs molles, ces marionnettes à demi disloquées ne négligeaient rien pour nous satisfaire, espérant éviter le châtiment que nous mûrissions tranquillement en les regardant s'écorcher. Albadi lui aussi voulait sa victoire. Le plus solide des trois, il frappait de bon cœur au visage de Blaise, lequel se défendait à peine. Les bras repliés sur la tête, il parait tant qu'il pouvait sans donner le plus petit coup. Jeanjean avait assez de crier sans penser à se défendre. Totor Roméo Albadi, sinistre désossé, gagnait à cette empoignade de monstres. Jeanjean était le premier terrassé. Il roulait dans les détritus. Sa pauvre gueule saignait. Jeté à terre, il ne bougeait plus. Puis il fallait à Totor dix bonnes minutes pour réduire Blaise. L'animal pleurait mais tenait bon. Debrer se mêlait de lui-même à cette répugnante comédie. Il bondissait sur l'Italien et lui portait de tels coups que l'autre demandait pardon, sachant bien qu'entre nous le pardon était sans valeur. À longueur de vie, les faibles éprouvent le besoin de se faire pardonner. De tout et de rien. Ils se sentent universellement coupables. Coupables de n'être qu'eux-mêmes.

Instinctivement, les jeux cruels s'épanchent dans une sourde mêlée sexuelle. Nous n'échappions pas à cette loi furieuse. Après le sang versé, nous en arrivions aux malsaines pratiques. Parce que obscurément je pressentais qu'un vaste mystère se cachait en ce point du corps, il m'attirait. Je ressentais pour le sexe un respect superstitieux.

Après leur bagarre nous les déculottions tous les trois. Leurs petits sexes pendant à nu, ils ressemblaient à trois immolés à l'autel d'une inavouable fête barbare. Schborn, chaque fois, était très pâle. Ses mâchoires raidies. Lui aussi devinait que le sexe recelait une vérité que nous ne parvenions pas à saisir. Sans satisfaction — sans nulle satisfaction —, pleins de colère, nous nous emparions des pénis de nos camarades, nous les caressions. Blaise pleurait. Ce malade pleurait parfois pendant cinquante heures, se réveillant les larmes aux yeux. Jeanjean bavait. En séchant, la bave formait un vernis sur son tablier, là, au-dessous du cou, Victor Albadi jouissait. Les filles, présentes, attendaient en riant très fort. Pour elles et pour nous planait le décevant mystère. Emmy, la fille de Feltin, formée avant l'âge, adonnée à la masturbation depuis toujours, brillait de tous ses yeux. Marguerite, petite putain impubère — la seule de nous qui connût autre chose que les pratiques solitaires —, haussait les épaules. Notre dépravation bousculait évidemment d'autres limites. Nous avions pour exemple nos familles qui ne se gênaient guère. Tout ne se raconte pas ; cela suffit pour situer notre condition morale. D'un tel départ dans la vie on se remet mal.

Nos semaines coulaient ainsi, partagées entre l'inaction, le désœuvrement, la violence et l'ébauche du vice. Nous n'aspirions à rien d'autre ; surtout à rien d'utile.

V

Le dimanche, levé dans le petit matin, apportait son goût de repos. L'aspect de la zone en était transformé. Il se greffait sur l'atmosphère habituelle une douceur d'église. C'était dimanche. Par principe, personne ne se montrait dans la rue à l'heure ordinaire. Dans nos cabanes, nous étions sur pied sans oser sortir. Le bruit coutumier en était amoindri. Une exigence de calme nous naissait à quelque endroit du cœur. Si le père Lédernacht était en froid avec son fils, il lui pardonnait à grands serments avant d'aller chez Feld se poisser la gueule. Si nous rencontrions Albadi ou Jeanjean, nous évitions de trop les malmener. Debrer, lui, sérieux ou pas, récitait d'informes prières à haute voix où l'invention littéraire tenait une place énorme. Autant pour les injures que pour la mystique, Debrer était champion du vocabulaire nouveau. C'était un don. Je le revois, à genoux au bord du terrain vague, les bras bien écartés dans un mouvement d'image pieuse qui faisait rebondir sa bosse. Je le revois se lamentant devant Dieu le père de ses tendances aux péchés mortels. Il s'accusait publiquement de tout ce dont il était capable et il en rajoutait. Il s'inventait des péchés dont personne ne comprenait la gravité, ni la nécessité de s'en accuser.

Dès que la zone commençait à bouger, Debrer dévalait la rue d'une traite, en poussant de grands cris, sa bosse plus bossue que jamais. Essoufflé, suant, il passait en bolide devant toutes les baraques, et nous sortions pour le voir. Il galopait droit sur le terrain vague et une fois arrivé se laissait tomber sur les genoux. Il baisait la terre à pleine bouche, la grattait de ses ongles, crachait dessus, s'en barbouillait le visage. Il se frappait la poitrine à coups de poing, les yeux au ciel, la bouche bien ouverte, en glapissant. Il se levait d'un bloc, se tortillait un coup, et retombait. Il mélangeait l'imploration et le blasphème. Avec mille et des infinités d'intonations curieuses dans la gorge. On s'attroupait. Un large cercle. Il lui fallait de la place. Au milieu de nous, il semblait absent, détaché du matériel. Atteint de mysticisme à chaque pore. Eût-il pleuré des larmes de sang que cela ne nous eût pas surpris outre mesure. De sa part, on pouvait s'attendre au plus stupéfiant. Malgré le renouvellement hebdomadaire de cette farce, l'attention de la zone demeurait rivée à lui, personnage de mélodrame sanglant.

Il criait : « Mon Dieu, mon Dieu, pardon ! » et sa superbe invention que toute la zone avait apprise par cœur : « Mon Dieu vous êtes en moi et tous les deux on pleure de l'eau bénite. » Ça amusait tout le monde cette phrase. « Mon Dieu vous êtes en moi et tous les deux on pleure de l'eau bénite. » Et Debrer en profitait, bien entendu.

Le dimanche, encore, Lubitchs, du temps qu'il passait pour être aveugle, demandait que quelqu'un d'entre nous lui donne une bouchée de pain. Symbole de la communion. C'est ma mère qui se chargeait de cette nourriture particulière. Lubitchs l'embrassait avec effusion, d'autant qu'une part de pain restait sur sa table et que c'était toujours ça de gagné en fin de semaine. Feltin s'installait dans la rue, sa petite Emmy entre les bras, et devant nous lui prédisait que ses manies solitaires la conduiraient à la folie. Emmy riait ou pleurait. Marguerite priait elle aussi, avec beaucoup de simplicité et de sérieux, et tournait ensuite autour des hommes. Tous avaient envie d'elle mais ils la redoutaient. Elle inspirait une sorte de terreur par son étonnante précocité. À part Lédernacht père et Dumas le drogué, personne d'autre ne s'offrit cette enfant.

Ceux qui n'éprouvaient pas un pressant besoin de prières ou d'actions de grâces se rendaient chez Feld ou chez Feltin, ou chez les deux. La beuverie commençait. Elle ne prendrait fin que vers deux heures du matin, dans les bagarres réglées, dans les cris et le sang. C'était la tradition du dimanche. Lédernacht était le fidèle client de Feld depuis que Feltin lui avait servi du pétrole mêlé d'eau gazeuse, tout au long d'une soirée. Le Juif avait bu sans sourciller : midi sonné, il absorbait n'importe quoi, saoul à mort qu'il était. La chaleur de l'alcool décuplait sa faculté d'élocution au lieu de l'embrouiller. Il parlait sans arrêt, contorsionné, le verbe haut, étalant ses théories sur toutes choses. Le curieux est qu'il ne s'égarait pas tellement. Son accent de race raclait les oreilles. C'était sonore et métallique.

— Che tirai aux buissants de ce monde gue che les emmerde ! Voui ! Che m'appelle Lédernacht, et ch'emmerde le monde !

Il s'agitait, parlait, bavait, buvait, gesticulait, se grandissait, se ratatinait, et soudain, sans que rien ne l'eût laissé prévoir, il s'écroulait. Feld le traînait au fond de la salle et lui flanquait un bon coup de pied pour l'achever. De temps en temps le Juif recouvrait une légère notion des choses et réclamait à boire. Les hommes lui crachaient dessus. C'était le jeu classique. Vers sept heures, il se relevait, sortait pour vomir derrière la cabane de Feld, et revenait, le plastron maculé et l'œil éveillé.

— À boire batron ! Zale carne de Feld ! À boire ! Et bas du bétrole, nom de Dieu !

Environ deux heures du matin, son fils, qui

l'avait bien dépouillé toute la journée, le rame-nait à leur boutique en l'insultant et en le frappant.

Ma mère choisissait le dimanche matin et, tout enrobée d'une onction qu'elle avait rete-nue de je ne sais quel exemple, s'appliquait à démontrer de façon baroque la supériorité du croyant sur l'athée. Elle pérorait pendant deux bonnes heures. Mon frère Lucien était charmé par ses paroles. Les yeux à demi clos, il savou-rait, en souriant. Que pouvait bien représenter pour ce cerveau atrophié l'image de Marie ac-couchant du Messie ? Il se référait peut-être à quelque image sainte entrevue, où la Vierge éclaire le monde de son regard pur. Il souriait. Ça devait bien lui plaire ce ronronnement des mots sans vigueur. Il se tenait tout tranquille-ment assis sur sa chaise les doigts dans le nez, les jambes pendantes. Le discours de ma mère, sans vie, sans force, sans persuasion, m'emmer-dait jusqu'au désespoir.

Elle mettait pourtant une passion véritable à nous exhorter à la croyance. Ça l'émoustillait à fond de palabrer à perte de vue. Elle y allait de son geste bénisseur. Elle avait presque la voca-tion. Elle coupait ses phrases de longs silences ou de grands soupirs attristés. Sa face se con-tractait parfois à n'y pas croire. Dans le reli-gieux elle avait du génie. Lucien gobait tout sans rien comprendre. Moi je me foutais d'elle. Je ricanais. Je grimaçais.

Mon père qui participait aussi à la conférence souhaitait sa fin prochaine pour pouvoir aller boire les breuvages de chez Feld. Dans une certaine mesure, ce pauvre type raté était inféodé à sa femme. (Il me faudrait un livre pour parler d'eux.) Par son entregent extraordinaire, elle l'avait déjà plusieurs fois sauvé de noirs bourbiers où le premier imbécile venu pouvait l'entraîner sans profit pour lui. Mon père, instable, avait le goût de l'aventure et du danger. Il acceptait sereinement les deux sans qu'il fût pour cela obligatoire de lui faire miroiter la promesse du gain. Jusque-là, il s'était mêlé à quantité d'histoires louches sans y gagner un sou. La considération momentanée dont il était l'objet suffisait à son bonheur. On possédait mon père à la flatterie. Aussi vaniteux que bête, il s'engageait bénévolement à donner sa vie ou sa liberté en échange d'un mot bien placé et flatteur pour ce qu'il croyait être son honneur. Puis, le jour où les ennuis s'accumulaient, il en avait pour trois semaines à se repentir de sa crédulité. Ma mère avait alors le droit de l'injurier, et ne s'en privait pas. Ça touchait au pittoresque. S'entendre humilier devait coïncider chez lui avec une secrète jouissance ou la provoquer. Cela n'allait d'ailleurs pas plus loin. Il se réservait de flanquer à sa femme les plus retentissantes raclées de toute la zone. Quand elle ne l'abreuvait pas de hurlements incroyables, c'était lui qui la battait.

Tout ce qui leur tombait sous la main était bon. Elle réceptionnait de par la tête quantité d'objets. Ces bagarres conjugales lui laissaient pendant des semaines la peau tuméfiée. Si bien que, ces duels se répétant à toutes occasions, je n'ai jamais connu ma mère que marquée de bleus et de verts sur tout le corps. Ça n'en finissait pas. Les colères un peu factices de mon père apaisées, elle l'engueulait splendidement.

— Adolphe ! Tu n'es qu'un dégoûtant salaud ! Adolphe tu es un cochon, un cochon d'ivrogne ! Un assassin, Adolphe ! Vieille tante !... Lope ! Raté ! Adolphe je te crache sur la gueule ! T'entends, dis, pourri ?... Dis Adolphe, t'entends ?

Ce couple épique : mes parents.

Alors moi, aujourd'hui, je vous crie salauds à vous deux ! Toi ma mère, garce, je ne sais où tu es passée. Je n'ai pu retrouver ta trace. J'aurais bien aimé pourtant. Tu es peut-être morte sous le couteau de Ben Rhamed, le bicot des barrières dont les extravagances sexuelles t'affolaient. Si tu vis quelque part, sache que tu peux m'offrir une joie. La première. Celle de ta mort. Te voir mourir me paierait un peu de ma douloureuse enfance. Si tu savais ce que c'est qu'une mère. Rien de commun avec toi, femelle éprise, qui livra ses entrailles au plaisir et m'enfanta par erreur. Une femme n'est pas mère à cause d'un fœtus qu'elle nourrit et

89

qu'elle met au monde. Les rats aussi savent se reproduire. Je traîne ma haine de toi dans les dédales de ma curieuse existence. Il ne fallait pas me laisser venir. Garce. Il fallait recourir à l'hygiène. Il fallait me tuer. Il fallait ne pas me laisser subir cette petite mort de mon enfance, garce. Si tu n'es pas morte, je te retrouverai un jour et tu paieras cher, ma mère. Cher. Garce.

Ridicule embryon, toi, Calaferte, je sais où te trouver. Tu es cette frêle silhouette qui frôle les murs de la ville certains soirs, et tend la main au passant. Tes yeux sont rougis par l'alcool. Te souviens-tu seulement que Lucien et moi vivons ? Te rappelles-tu cette prison qu'était notre ghetto ? Cela a dû s'estomper dans ta tête. Toi tu vis où le destin te place. Un jour dans cette rue à mendier ton pain, demain ailleurs à t'enivrer. Rien n'était peut-être de ta faute. Je te ressemble. Nous subissons la vie sans trop songer à nous révolter. La révolte nous dépasse toujours. Nous manquons de souffle. Un matin, je m'accrocherai à ton nom dans le journal. On t'aura ramassé mort dans la rue. J'irai à l'Institut reconnaître ton cadavre. Je te le promets. J'ai besoin de te revoir nu et immobile. La garce ne sera pas là pour implorer en ta faveur son hypocrite Dieu protestant. Nous nous retrouverons dans la terre qui doit tous nous prendre. Et au-delà de la terre, nous nous haïrons. Férocement. En paix. Il n'y aura pas de repos.

Ces dimanches matin où ma mère semblait en transe. Sa harangue terminée elle me prenait à partie.

— Ton frère Lucien me comprend, lui ! C'est un bon petit ange ! Toi, tu te fous de ce que je raconte, hein charogne ?

— Non je m'en fous pas !

— Menteur !

— Non je m'en fous pas !

— Menteur ! Charogne !

— Oui je m'en fous !

Son poing sec s'abattait sur moi. Sur la tête. Sur la tête, toujours. Mes migraines actuelles ont là leur source.

— Tiens charogne ! Attrape !

Je me gardais autant que je le pouvais. Mais la cabane était étroite. Elle me coinçait tout de même. Ça pleuvait dru. Des pieds et des poings. J'avais mal. Je me tenais le ventre d'un bras. D'une main je protégeais mon sexe qu'elle voulait atteindre d'un coup de pied.

— Tiens, dégueulasse ! Salopard ! Petit vicieux !

Ma tête s'en allait d'un côté, rattrapée au bon moment par une gifle nouvelle. Mon père, qui ne rêvait qu'à l'alcool qu'il boirait au cours de la journée, assistait à la séance, impavide. Lucien rigolait. Ça le divertissait, l'idiot ! Je ne pleurais pas. Ce couple n'a pu se vanter d'avoir vu mes larmes. Je ne criais pas non plus. J'encaissais, en silence, la haine mauvaise s'incrustant en moi.

— T'en as assez, voyou ?

Quand j'avais trop mal, je commençais à me défendre. Moi aussi, je visais le bas de son ventre. Le pied entrait comme il faut à la jonction des cuisses. Elle hurlait, ma vieille. Elle appelait son mari à la rescousse.

— Adolphe !

À eux deux, ils me laissaient sur le carreau et couraient chez Feld arroser la victoire. Je me réveillais une demi-heure plus tard, terrassé par le froid du sol en ciment. Le corps douloureux. La tête pesante, la vue trouble, et je vomissais. Lucien était à côté de moi. Il montait là une garde étrange. Semblable à celle des morts dans une maison. J'avais droit à cette grande ruée un dimanche par mois, à peu près. Le jour où j'ai quitté la zone pour n'y plus reparaître, je me suis soulagé avant de partir. Aidé de Schborn, j'ai passé une part de ma rage sur les os de ces deux criminels.

Dans les autres familles, le quotidien était pareil au nôtre. Chapuizat s'exerçait à riposter aux coups de son père. Grogeat avait sur le dos une belle-mère fielleuse qui le harcelait en ternissant les souvenirs de sa mère qu'il avait adorée. Le gosse nous racontait des histoires de sa première enfance, peuplées de tant de douceurs que nous ne le croyions pas. Il ne pouvait nous amener à la vue d'un monde sans cris, sans déchirements, sans ivrognes ni odeurs infectes. Il était le seul à n'être pas né sur la zone. Ce gosse vivait littéralement des échos de sa mémoire. Il attendait, confiant, le retour de ses enchantements.

— Ma mère est morte et ça s'est arrêté. Mais si mon vieux ne buvait plus, il recommencerait à gagner de l'argent. On s'en irait d'ici. Sans la vieille. Ça redeviendrait comme avant...

Victor Albadi avait une mère courageuse et qui l'aimait. Elle ne le tapait pas. Nous nous en chargions. Elle partait de bon matin pour la ville faire des ménages. Elle ne rentrait que le soir, tard. En passant elle nous insultait et ramassait son fils. Ils habitaient la dernière baraque de la rue, en descendant. Pas loin du terrain vague. Nous nous aventurions jusque chez eux de temps à autre. Nous martelions leur porte à coups de cailloux et la veuve Albadi finissait par sortir, ramassait des pierres et c'était un échange de salves mutuelles. Derrière sa mère, Totor Roméo trépignait de bonheur. Le petit tordu s'en donnait à cœur joie, glanait les pierres pour en armer sa mère. Prodigieusement nerveuse, elle les lançait deux fois plus vite que nous. Nous en écopions dans les tibias sans pour cela cesser de crier une formule qui avait le don de rendre folle la veuve italienne.

— Albadi ! Pourri ! Albadi ! Pourri !

Elle ripostait de la langue et des mains. Les

pierres volaient dans l'air du soir. Au milieu de la rue, les familles se tenaient les côtes de rire. Ça nous encourageait. Nous rugissions.

— Albadi ! Pourri ! Albadi ! Pourri !

La mère de Roméo pleurait d'énervement. C'était une petite femme à la peau basanée, assez laide, déhanchée, des jambes énormes, des épaules massives, des épaules d'homme.

— Crapoulés ! Crapoulés ! Elle gueulait avec son impossible accent. Crapoulés !

Et l'instant inévitable arrivait où son Victor, handicapé dans sa souplesse par sa jambe malade, ne se garait pas assez vite. Une pierre l'atteignait. Le sang perlait. Alors avec tant et tant de délicatesse, beaucoup de douceur, un chagrin de bête marqué sur son visage, la veuve emportait dans ses bras son fils blessé. Ils mêlaient leurs larmes. La porte de leur cabane refermée on les entendait gémir tous les deux, et elle, lui parler doucement, en italien. Les accents caressants de cette langue ajoutaient une touche plus triste à ses consolations. Contents de nous, nous remontions la rue dans l'espoir d'attraper une dernière victime avant la nuit. Jeanjean ne se montrait pas. L'approche de l'obscurité l'incitait à se cacher. Il savait de quoi nous étions capables, le soir venu. Nous n'étions que des petites bêtes malfaisantes, museaux au vent, flairant une proie.

Les années se sont écoulées les unes derrière les autres. Autant de jours tarés. Autant de sursauts enchanteurs vite calmés. Les années depuis sont venues, bien en ordre, bien nombreuses, m'assener quelques mauvais coups. « Nous n'étions que des petites bêtes malfaisantes. » Je me tourne vers la route parcourue, vers les décembres. Les années sont passées, les unes derrière les autres, m'ouvrant les portes monumentales du lupanar terrifiant de la vie. Schborn est parti. Je reste seul. J'ai repris à mon compte la rage froide du petit Lédebaum d'il y a quinze ans. Vous n'êtes pas morts pour rien, Lédebaum, Schborn, les clairvoyants. Vos dépouilles sont en moi, lourdes et vivantes.

Depuis si longtemps que vous m'avez quitté, je me suis essayé à traquer le monde, la vérité du monde. J'ai loué çà et là des chambres d'hôtel. Quartiers riches qui s'endorment tôt, engrossés d'or. Quartiers pauvres qui gueulent jusqu'à l'aube et donnent au trottoir leurs filles et leur sang. J'ai eu faim et froid, mais je peux dire que cela n'est pas l'important. L'important, c'est la gluante et collante solitude. Te souviens-tu, Schborn, de cette époque dangereuse où nos godasses buvaient toute l'eau des rues ? Te souviens-tu que notre désir était de lire et de lire. Ouvrir un de « leurs » livres. Savoir, apprendre, comprendre, deviner, découvrir, dénicher la clé du monde. Ça nous tenaillait. La faim aux boyaux nous volions des livres dans les librairies. Nous attendions d'eux de fantastiques révélations. Et d'abord le sens de la vie.

Flots fantastiques de souvenirs. La route sous moi, coule, serpent lisse, et si je m'arrête pour souffler, je me rends compte que rien n'est très clair. C'est mon mal que d'être trouble, équivoque, dissimulateur. L'alcool de Feld fait son travail dans mes veines. Il sape, il ronge. Il fait son boulot en bon ouvrier. Les poings de ma mère résonnent encore sourdement dans ma tête. Des céphalées étourdissantes me rappellent à l'ordre. Je ne peux dire que des mots. Je dis : c'était la zone, c'était l'enfer. Je dis que j'ai connu la faim, la tenace, la coriace, l'insurmontable. Celle qui mine la tête de vertige, qui arrache les jambes. Celle des matins glacés où, plèbe entre la plèbe, à cinquante gueux, en nous battant, nous ramassions dans la rigole les primeurs avariées pour les bouffer. Au cœur des grandes villes. Ici ou ailleurs. La saloperie, c'est partout la saloperie. Je dis que j'ai su l'humiliation qu'on ressent à exercer les plus rebutants, les plus honteux métiers. Ceux qui abaissent, qui laissent une trace profonde chez un homme. Marque au fer rouge de l'abattoir, indélébile. Le temps qui gomme tout ne gomme pas cela. Bel esclave moderne que j'étais. Et je n'étais pas le seul. Je vois toujours Pétrier, Lebautier et Lopégas l'Espagnol qui ont partagé avec moi ces jours sales. J'aurais renié mon nom pour un bout de pain. À certains moments, j'aurais vendu ma peau pour un bol de soupe. La faim il faut en parler : ça a son importance dans une psychologie. J'ai eu tout le temps d'apprendre. Quand on a interminablement faim, que la faim exaspérante s'accroche à vous, ça vous conduit à tout accepter de tout le monde. Qu'on ne vienne pas me dire que la faim incite à la révolte : ce n'est pas vrai. Ça vous ramollit, au contraire. On a le sourire obséquieux pendu à la bouche. Toute l'existence se centre d'un coup sur un repas complet. Ça tourne à l'obsession. On y perd dignité, honneur et orgueil. Rien de tel qu'une nuit passée à lambiner d'une rue à l'autre, à éviter les bourres, pour réformer sa vision de l'humanité.

VI

C'est certain : dans notre ghetto, nous vivions de peu. Nous ne mangions pas tous les jours : c'est certain. Par contre, on ne se privait pas de boire. La boisson c'est l'hostie du pauvre. Du réveil au coucher, Feld et Feltin servaient le liquide à tour de bras. Ça coulait dru. Leurs baraques ne désemplissaient pas. Les hommes succédaient aux femmes, les femmes aux hommes. Si quelqu'un vous entreprenait à la discussion, entre le court espace des visages flottait l'amer relent du tord-boyaux. Mieux valait respirer de côté. Les familles avaient des tas de ressources. Le rempaillage des chaises, la réparation des porcelaines, la tonte des chiens, les chats à châtrer, les cartes à tirer, les lignes de la main à dire, le marc de café à interroger, et les matrices pleines à évacuer. C'était du rapport régulier ou presque. Pour ma part, je sais tout faire de ces bricolages. (Sauf les avortements.) Tout cela néanmoins ne rapportait pas de quoi boire à plus soif. (Bien souvent ma mère avortait à l'œil. Une fois le travail mené à bien, on refusait de la payer et on menaçait de la dénoncer. Elle avait trop la frousse du gendarme pour songer une minute que le scandale eût aussi bien rejailli sur les dénonciateurs. Le fait est qu'elle travaillait quelquefois pour rien.)

Feld et Feltin, les deux bistrots, étaient organisés. Ils étaient peut-être même les seuls à l'être. Derrière leur comptoir, ils avaient installé un grand tableau noir où s'inscrivaient au fur et à mesure les dettes de la clientèle. Ils faisaient crédit jusqu'à concurrence d'une somme délimitée. La somme atteinte et parfois dépassée, ils ne servaient plus. Cela n'allait pas sans contestations, sans âpres discussions, sans menaces et sans cris. Fallait voir. Mais les deux débitants se soutenaient et restaient inflexibles.

Pour vexer Feld, on disposait de grosses et méchantes allusions concernant sa mère. Ça s'envenimait peu à peu. Les injures prenaient du poids de seconde en seconde. Lorsque sa mesure était pleine, Feld prenait le client aux épaules et le flanquait dans la rue. Instantanément, le type évincé entrait chez Feltin. Il n'y avait que la rue à traverser. Il saluait le patron.

— Salut Feltin !
— Salut !

Et la farce commençait. En beauté. Vraiment. En beauté. De l'imagination délirante.

Le type se lançait dans un long laïus contre

ce cochon de fils de veau de Feld qui baisait sa mère, cette minable créature de Dieu, que véritablement c'en était une honte ! Qu'on devrait bien les coffrer tous les deux. (Feltin était indicateur, je l'ai dit.) Qu'ils n'emmerderaient enfin plus la zone. Qu'on savait, depuis toujours, toutes les vieilles histoires de Feld, sans compter tout ce qu'on pouvait ignorer ! Que c'était même une abomination que de laisser en liberté une telle fumante vermine. Qu'il n'aimait que le profit et n'avait pas d'amitié. Que s'il devenait nécessaire de le pendre un jour ou de le crever à coups d'eustache, on trouverait des bonnes volontés ; car soit dit en passant, là, entre amis, Feld était, de toute certitude, la plus carne des enfants de garce ! Et si par exemple, à l'heure qu'il était, on allait trouver Feld et qu'on lui dise de déguerpir pour voir ? Hein ? Est-ce qu'il broncherait ? Ah ! merde, non ! Il était bien trop dégonflé pour cela. Seulement personne ne tentait le coup. Personne n'avait l'audace. Et cependant, n'est-ce pas, si la zone accumulait les tuiles et n'émergeait pas de sa condition misérable, on savait à coup sûr que Feld en était responsable. Feld, ce salaud maniaque qui grossissait à plaisir les notes des clients ! De ses meilleurs clients, comme je dirais moi, par exemple !...

Feltin écoutait en souriant. Il avait ce don. Ce don du sourire cristallisé. Il n'approuvait ni ne désapprouvait. Appuyé des deux coudes sur son comptoir de bois, il ne quittait pas des yeux le type qui eût volontiers profité d'un millième de seconde d'inattention pour rafler une bouteille.

Le client s'égosillait pendant une heure et quelquefois plus. Il séchait sa salive en insultes. Puis, comme il était venu pour ça, il demandait à boire.

— Tiens, sacré vieux Feltin ! Sers m'en un bien tassé !

Feltin disait non. Non. Dans son sourire de mannequin en cire pâle. Le type insistait.

— Juste le dernier.

— Non.

— Tu peux pas refuser.

— Si.

— Je suis un pote pour toi, oui ou merde ? Juste un petit dernier...

— Non.

— Je te paierai, bon Dieu ! Est-ce que je t'ai jamais fait perdre quelque chose, hein ? Est-ce que tu peux dire ça ? Est-ce que tu peux le dire ?

— Non.

— Alors ?

— Alors, non.

Le type savait, de longue expérience, que ça ne pouvait pas se terminer autrement. Il paraissait pourtant abasourdi. Victime d'une flagrante injustice. Il allait au bout du rouleau.

Il variait ses intonations. Il jouait sur le sentiment.

— Allons, allons, Feltin... Vieux pote !... Sers-
moi, quoi...

Il se greffait à cet instant une minute de
silence.

— Tu me sers, oui ou merde ?

— Je t'ai dit non.

— Est-ce que tu serais aussi dégueulasse que
Feld par hasard ?

Le silence.

— Je vois ! Ah je vois ! T'es ni plus ni moins
qu'une charogne ! Feld et toi, deux charognes !
Quand j'aurai du pognon, écoute-moi bien,
quand j'aurai du pognon, je foutrai plus les
pieds dans ta tôle ! Plus jamais ! Rapaces ! Crevards ! Boursouflés !

Le reste de sa colère se passait dans la rue
devant les autres qui rigolaient.

Le magique de l'histoire est que ni Feld ni
Feltin n'eurent jamais à se plaindre de dettes
impayées. Les familles traquaient l'argent, la
joie de l'alcool surpassant les joies de la bousti-
faille. Même le père Chapuizat mourut subitement sans rien devoir. Ça tenait du miracle. Ou
presque.

Le père Chapuizat, le grand tuberculeux aux
poumons troués, les épaules rentrées, voûtées,
la démarche traînante, la voix cassée, d'une
maigreur affolante, était sans conteste, avec
mon père, le buveur le plus réputé du village.

Ils absorbaient à eux deux quantité de liquide et cela à longueur de semaine. Ils étaient d'ailleurs les seuls à boire sans répit. Lédernacht ne s'octroyait qu'une saoulerie hebdomadaire, le dimanche. Shelbann buvait le mardi. C'était son jour. De bon matin, il s'amenait chez Feld et se faisait servir le contenu d'une bouteille dans trois verres à bière et les vidait cul sec. Il renouvelait la cérémonie chez Feltin et s'en allait se coucher pour dormir vingt-quatre heures d'affilée. Le père Meunier, comme la plupart des habitants de la zone, se noircissait le dimanche.

Mon père et le tuberculeux se rencontraient au saut du lit devant un godet bien tassé et se gorgeaient d'alcool. Entre deux verres, Chapuizat crachait le sang. Une pension mensuelle que l'État lui servait permettait de hâter sa mort. Il en profitait au-delà de toute espérance, étant à peu près le seul du coin à jouir d'un crédit pratiquement illimité chez les deux tenanciers. La régularité de ses mensualités rassurait. Et lorsqu'il se trouvait être sans le sou, il nous désertait. L'hôpital lui ouvrait ses portes neuf jours par mois. Les neuf derniers jours, s'entend. Chaque fois, il nous revenait un peu amélioré. Il perdait là-bas son teint cadavérique et reprenait du poids.

C'était bien la brousse, le *no man's land* de la raison, la jungle où la seule chose à faire eût été de nous laisser barboter dans notre purin ou de nous tuer tous.

Il y avait des soirs où trois ou quatre hommes se réunissaient dans une cabane pour s'entretenir d'un prochain cambriolage. La discussion se déroulait avec une belle sérénité. Chaque mois, quelqu'un de chez nous mettait sur pied le plan d'une attaque. La zone au grand complet entrait dans la confidence. Le crime rapproche. Si les pauvres ne se soutiennent pas beaucoup entre eux, par contre ils aiment à s'unir dans le délit. Je l'ai souvent constaté. Cette particularité doit répondre chez chacun à un secret besoin subconscient, à une nivellation par l'infamie. Noueuse solidarité du crime. L'aventure commune. Nous n'avons jamais renié un assassin, chez nous. Nous l'eussions plutôt engagé à prendre de multiples et sérieuses précautions. Une psychologie de ce modèle se révèle vite insondable. On entrevoit ici ou là quelques fugaces éclaircies, mais le tout se referme hermétiquement. J'ai vécu avec eux. Je les ai connus. Je les ai bien connus. Je n'ai pas fait pour cela un pas décisif dans leur compréhension. En fin de compte, je ne puis les comparer qu'à des bêtes. Serviteurs domestiqués par leurs instincts simples et terribles. Dispensant la mort comme il est dit que Dieu dispense la manne. Peut-être pas tout à fait conscients de la portée de leurs agissements. La notion de généralité n'allait pas très loin chez eux. Un type recherché, traqué par la police, était toujours certain de trouver asile chez nous. Moins par respect d'un honneur du milieu que par goût de la crapulerie. Preuves faites ou non, nous étions tous des voleurs ou des assassins. Ceux qui n'avaient rien accompli de grave n'avaient manqué que de courage. Cette similitude nous unissait solidement, mieux que notre désarroi de miséreux. C'est ce que j'ai cru comprendre. Je ne pense pas me tromper beaucoup.

Au lendemain d'une expédition dans la ville, les héros de la nuit s'installaient chez Feld. On accourait de partout pour les féliciter d'avoir réussi. On glanait tous les détails sur le vol de la nuit. Ça prenait une allure de fête, de célébration. Feld, de bonne humeur dans ces cas-là, régalait d'une tournée générale dans le petit matin. Les gosses étaient transis d'admiration fervente envers les spécialistes du « casse-ment ». Nous écoutions leurs récits, la bouche ouverte. Le temps nous durait d'être assez costauds pour les accompagner un soir. Faire un cassement, c'était notre ambition.

— Je ferai un cassement avant toi !

— Ta gueule ! T'en as pas ! La prochaine fois Dumas m'emmènera, moi.

— T'es trop lope !

« Faire un cassement », c'était notre ambition.

Je me souviens de la gueule aiguisée, du sou-

rire en fil à coudre du père Meunier. En matière de cambriolage ce type maigrichon n'avait
pas son pareil. On a pas mal parlé de lui à la
suite d'un gros vol dans la maison d'un consul.
Il opéra pendant des années sans se faire épingler. Il travaillait seul. Il ne prévenait personne.
On ne savait rien de ses projets. On le reconnaissait comme un maître. Avant de tenter
leurs premiers pas, les jeunes gouapes lui demandaient des conseils. Il nous exerçait habile-
ment car il était intelligent et cette qualité
— qui manquait à beaucoup d'entre nous — le
servit longtemps. Il nous formait admirablement. De toute la capacité de ses propres expériences. (Je sais toujours crocheter silencieuse-
ment une porte, marcher sans bruit sur un
parquet et fracasser une vitre sans attirer l'attention.) Nos premières armes se fourbissaient
dans les grands magasins, au vol à l'étalage.
Opération peu dangereuse pour qui est habile,
et sait courir à fond. Enhardis par l'impunité,
nous nous risquions plus franchement. Le cambriolage des villas isolées et inhabitées. Les
nuits d'automne sont propices à ce genre de
pratique. Elles sont épaisses et vous envelop-
pent comme il faut. La peur est agréable au
corps. Je sais de quoi je parle. La bouche qui
se sèche, la gorge qui devient rêche, le cœur
qui tape à tout casser, cette merveilleuse luci-
dité de l'esprit qui s'empare de vous au moment voulu, ce presque dédoublement et cette

volonté énorme de réussite (presque de l'orgueil, presque de la vanité, une marche à la
gloire) qui vous hissent sans qu'on s'y attende
à une espèce de personnalité supérieure. Même pris, on ne regrette rien. La peur n'est pas
« un ignoble sentiment ». C'est une exquise
sensation. Ensuite viennent la technique, les
ficelles du métier. La profession prend racine.
Et s'il arrive qu'on se fasse prendre à son coup
d'essai, la cellule favorise l'élaboration du coup
suivant qu'on exploitera au sortir de la prison.
Sans parler de l'esprit de révolte qui couve toujours plus ou moins dans les cellules, des conseils que l'on y reçoit des vieux maîtres qui ont
déjà fait carrière. Le cercle infernal se ferme
lentement sur vous. Il ne se brisera plus. L'initiation se renouvelle méthodiquement de génération en génération. Peu de mes copains y ont
échappé. J'ai eu avec moi la Chance. Je n'invo-
que rien d'autre. J'ai joué avec la Chance. Cela
ne s'explique pas. Elle est là ou ailleurs. Elle
se fixe au hasard. Pris, j'eusse suivi la pente, la
dégringolade, l'eau mauvaise des mauvais destins. J'en serais aujourd'hui à ma énième con-
damnation, j'aurais pour compagnon de cellule
Lubresco, le Roumain qui a évité la peine capitale en raison des circonstances atténuantes de
son enfance. La Chance... Il a eu droit à un
jury sensible, je n'ose écrire humain. Et malgré
mon dégoût, ma honte, une fibre est en moi,
qui me fait respecter la loi du ghetto. Je suis

passé trop près et trop souvent près de la chute fatale pour ne pas, moi aussi, me solidariser avec eux, une fois encore.

Avec nous, la police était à son aise. Elle ne perdait pas son temps. Répercussion d'un vol ou d'une histoire scabreuse, elle surgissait avec ses cars, sa voiture cellulaire. Sans déballage de puissance, sans étalage de prestige. Nous nous connaissions assez. En un clin d'œil, les flics cernaient notre domaine. Matraques au poing, ils établissaient une inviolable chaîne. Stratégie de toutes les polices. Un inspecteur à gueule d'apache, petite moustache et chapeau mou, nous renseignait en deux mots sur l'objet de sa visite. Ces descentes se caractérisaient par une surprenante rapidité dans l'exécution. C'étaient des hommes, les bourres. Rien à dire. À la plus petite accusation portée contre nous, on répondait par la négative. On niait tout en bloc. À nous entendre, on nous eût pris pour des nouveau-nés. On niait avec véhémence. Nous étions innocents. Nous ne savions pas. Nous nous étonnions presque. Par principe, on injuriait les flics. Par principe, ils jonglaient avec leurs matraques. Quelques têtes rebelles saignaient. Rien de grave. Les coupables recherchés finissaient par se livrer en réclamant aussitôt un avocat ! Ils montaient dans le panier, nous comblant de gestes d'adieux et de promesses de retour. L'un d'eux criait le classique « mort aux vaches » et se faisait bourrer la gueule à coups de poing. Les portes se refermaient, les moteurs tournaient rond, le cortège remontait la rue, et Lédernacht se campait sur le seuil de sa boutique, au passage. Les gosses cavalaient derrière les voitures en riant, en se bousculant, gaiement. Nous leur faisions un brin d'escorte. Debrer innovait une pléiade de grossièretés amusantes et cela prenait un tour assez distrayant. D'autant que nous étions désolés, franchement désolés, du départ trop rapide de la cohorte policière : c'était l'émeute que nous souhaitions tout bas. Le terrain vague à proximité nous eût fourni assez de matériaux pour nous battre honorablement. Cette force, disciplinée, casquée, nous excitait, par sa présence, à la révolte. Jusqu'aux abrutis, Jeanjean, Blaise, Albadi, qui se sentaient en forme. À treize ou quatorze ans nous ne rêvions déjà que tuerie. Les noms d'Al Capone et de Dillinger nous étaient familiers. Nous savions par cœur le merveilleux de leurs exploits. Al Capone et Dillinger, là-bas, sur cette terre des Amériques.

Le premier et seul nom de ville étrangère que j'aie entendu prononcer chez nous fut Chicago.

Chicago !

Sur ce nom, Schborn l'imaginatif, le poète, brodait à en perdre l'esprit. Il m'expliquait, il voyait. Chicago devait se présenter comme une zone aux proportions exceptionnelles.

— Tu vois ça ? Chicago c'est comme qui dirait la ville et la zone en même temps. Comme tu dirais la ville d'ici qui serait la zone partout. Et les roussins n'emmerdent personne. Ils ont la trouille, les roussins. Ils se feraient racler !

Ça nous bouleversait l'imagination. Ça fermentait en nous. À gros bouillons. On n'en dormait plus. On ne parlait que de Chicago du matin au soir, à pleins tubes. Chacun avait son mot à dire. Sa fiction à ajouter. Chaque gosse avait une image à lui de cette cité extravagante.

Pour les enfants, notre zone était insensiblement devenue la réplique du grand Chicago. Nous, « nous étions de Chicago ». Ça voulait dire quelque chose. Ça nous gonflait d'orgueil. Plein le cœur d'orgueil. Des années plus tard, dans une petite chambre d'hôtel sale et froide, où Schborn et moi nous logions, un soir de cafard, il prit une voix très douce pour me demander si je me rappelais le Chicago de notre enfance. Et nous eûmes envie de pleurer. Désolante et magnifique enfance ! Nous qui n'avions connu jusqu'alors que la crasseuse condition des pauvres, nous nous repaissions du premier morceau d'illusion trouvé en chemin. Le moindre rêve nous embaumait l'âme pendant des mois, avant de se muer en souvenir.

Chicago !

Si je me rappelle : je n'oublie rien. Jamais.

VII

Entre nous, entre gosses, nous avions une discipline. Elle était rigoureuse, elle nous régissait, nous nous y soumettions. Schborn, par exemple, était rigoureusement obéi. Il ne tolérait pas qu'on discutât un de ses ordres. Le pouvoir lui appartenait, étant le plus fort. J'étais le seul à pouvoir juger avec lui de l'opportunité d'une de ses décisions. Les autres nous suivaient, tête baissée, yeux clos, sûrs d'eux-mêmes et de nous. Hormis cette espèce de règle intérieure, notre liberté nous était plus chère que tout. Nous ne savions pas encore que la liberté s'enterre ailleurs et sous d'autres aspects que la prison. Nous allions l'apprendre et faire connaissance avec l'école.

La fréquentation d'un établissement scolaire allait nous être imposée brutalement à la suite de « l'affaire ». L'affaire précipita les choses, les gens et les événements. Elle fit du bruit. Une fois de plus l'attention de la ville allait être attirée sur notre lotissement qui n'en avait pas besoin. (J'ai tenté, en vain, de retrouver les journaux de l'époque qui se répandirent — en encre et en agressivité — contre les « enfants voyous » de la zone.)

Durant un mois nous eûmes l'honneur d'entretenir les ragots de la ville.

Les futurs anarchos de la génération montante, c'était nous. C'était Meunier, Grogeat, pleurant sa mère, Totor Roméo, ce triste déchet. Nous, les redoutables malfaiteurs. Les journaux publièrent une belle photographie d'ensemble de la zone. Puis, jour après jour, chaque baraque séparément. Puis nos portraits. Puis nos biographies. Puis je ne sais quoi encore... Ils s'en donnaient, les baveux ! Ils devaient travailler jour et nuit, pour sûr. Il y eut des foules de pétitions signées et contresignées de cent beaux paraphes. Notre cas faisait fureur. La ville épouvantée réclamait en son âme et conscience que l'on fît de nous des errants, des bohémiens, chassés de pays en pays. Crevant de route en route. Chassez la racaille ! C'était le mot d'ordre. L'occupation du jour. La ville mettait son courage à dénoncer à pleins gosiers l'abcès d'un de ses quartiers. J'ignore à qui nous dûmes de ne pas connaître la chiourme. On exigeait cependant des sanctions, et pourtant on ne nous astreignit, après tout ce beau barouf, qu'à l'assiduité scolaire. Des légions de journalistes nous photographiaient du matin au soir dans toutes les dimensions. Les curieux se radinaient par groupes de dix ou quinze. Ça devait les affrioler de venir ainsi se frotter de près aux gouapes. Par groupes compacts, ils débarquaient. On ne voyait pas de solitaire. Jamais. En s'isolant trop, ils devaient redouter de dérouiller un peu. Ils restaient ensemble. Les uns contre les autres. Impatients de tout voir. Foireux comme pas un. De gras messieurs débitaient des sornettes à de belles putains en manteaux de fourrure. Nous n'avions jamais vu autant de population à la fois. Ça déréglait notre vie, cette cohue incessante et soudaine. Nous n'étions plus à l'aise. On se trouvait tout désorientés avec ces lopes au milieu de nous, qui péroraient par-ci, par-là, sans arrêt. Ça faisait du boucan supplémentaire. On ne s'y reconnaissait pas, nous autres. Ça foutait tout en l'air. On se demandait ce qui allait résulter de ce grand remue-ménage. De cette foire aux visiteurs. Dès les premières heures de la matinée, les curieux nous envahissaient. On n'était littéralement plus chez nous. Nous ne pensions pas offrir tant d'intérêt. Ils venaient tous pour nous voir, et c'est nous qui les regardions, éberlués, admiratifs et un peu en colère. Parmi eux se glissaient quelques mouches qu'on repérait à cent pas. Ces derniers, aux aguets, histoire de nous priver du loisir de dévaliser une dame ou deux de ses scintillantes parures. On restait peinards. Les mains dans les poches. Le regard respectueux. On craignait les suites. L'après-midi c'était pire encore. Une vraie foule d'exposition universelle. Quand les uns s'en allaient, d'autres survenaient pour les remplacer.

Le vieux Lédernacht, flairant la superbe occase, avait étalé en devanture ses rogatons les mieux assortis. Il avait troqué son pantalon taché contre un nouveau aux plis parfaits. Il avait revêtu une jaquette noire, un plastron en celluloïd et une cravate adéquate. Avec ça, il aguichait la clientèle. Sa barbe en frétillait dans tous ses poils.

— Entrez, entrez, m'sieurs dames. Moi je sais tout de l'affaire ! Je vous raconterai ça !... Entrez, entrez...

Le petit youtre bavait l'invention au kilo. Il y avait foule dans sa boutique. Il parlait de la zone en technicien. Il se trouvait brusquement une éloquence débordante. Des mots qui portaient. Ça intéressait bigrement, ça s'écrasait de tous les côtés, affamés de sensationnel, tous autant les uns que les autres. Ils ne voulaient plus partir. Ils voulaient tout savoir, tout découvrir en une fois. Ils harcelaient Lédernacht de questions. Les femmes surtout. Le Juif y allait de sa chronique. Il avait la mémoire en branle. Il noircissait même le tableau, l'impudique. Il fournissait à qui voulait l'entendre des détails épouvantables. Pour entrer dans les bonnes grâces du juif, les paumés achetaient, achetaient. Le vieux encaissait des deux mains. Il

114

guignait le magot tombé du ciel. Ça le mettait en nervosité de renifler le pognon. Il empochait la monnaie, il majorait les prix de minute en minute en glosant sur nous. Il avait mis le doigt sur le boniment tapageur. Il l'épuisait. Il se donnait du mal, ça oui. Il remontait, clopin-clopant, et tant bien que mal, aux origines mêmes de la zone. Il établissait en cinq sec les responsabilités de l'actuelle société. Il faisait un tour d'horizon et casait sa dentelle. Il citait à brûle-pourpoint des noms d'apaches devenus célèbres. Il mélangeait les époques mais c'était sans importance.

— Ce grand bandit, oui m'sieurs dames ! Toutes ces terreurs sont sorties de notre domaine. Que diriez-vous de cette mignonne breloque, monsieur ?... Je la vends au prix coûtant. Emportez-la. C'est une affaire. Un souvenir. Pas cher !... C'est une longue, longue suite de fatalités, de malheurs... Oui... Ce serait trop long... Oui... Beaucoup trop long... Revenez... Revenez... Je ne peux pas tout expliquer aujourd'hui... Voyons !... Comprenez !...

Il était incomparable dans son numéro. Si parfait, si génial, que nous-mêmes allions l'écouter. On trouvait qu'il y faisait un tantinet au boniment, mais il torchait rudement bien la phrase. Et le soir il payait à boire à tout le monde.

Feld ne manquait pas non plus de manier sa petite histoire. Au fond, chacun de nous avait son mot à dire. Le regrettable, c'est que tout le monde n'eût pas quelque chose à vendre. Alcool ou fanfreluches. On eût fait fortune en vingt-quatre heures, à ce rythme-là.

Feld s'empressait autour des clients : « Asseyez-vous, je vous en prie, vous trinquerez avec les plus redoutables en toute quiétude. Moi, je peux dire que je suis au courant de la situation. Je suis le centre des activités. (Ce qui était exact.) Qu'est-ce que je servirai à ces dames ? » Les dames, elles ne touchaient pas au verre qu'on leur servait. Elles serraient leur sac sur leurs jambes. Elles trouvaient cela extrêmement « pittoresque », mais non sans danger.

Cette animation ressemblait aux pèlerinages. Il n'y manquait que les bénédictions. L'onction y était. Feltin, de son côté, se racontait lui-même. De sa voix ébréchée, râpée. Sa propre odyssée. Ça passionnait les auditeurs. Ils n'en laissaient pas échapper un mot. Ça leur tourneboulait visiblement les entrailles, ces confidences en masse. Ils n'en avaient jamais tant entendu. Ils n'en avaient jamais tant soupçonné. Leurs suprêmes parties de bobinards devaient leur apparaître, à notre contact, comme de ridicules ébats d'enfançons. Les femmes poussaient à la confession totale, en glissant une pièce dans la main du narrateur. Et du côté sexuel ? Dites-nous tout ! Elles en voulaient pour leur dérangement. Elles avaient toutes les audaces. Comme Lédernacht, Feltin inventa. Et Feld aussi et Shelbann à son tour.

Alors, mon père cria nom de Dieu qu'il était bien une pesante andouille de ne pas se mêler à la nouba ! Que c'était un sale outrage à lui faire que de le tenir en marge de la fête. Qu'après tout, s'il voulait, il parlerait aussi bien qu'un autre et que c'était moi, moi, son fils, qui était le nœud de l'affaire. On ne pourrait pas prétendre le contraire ! Alors on allait voir !

Il bondit chez Feld et se présenta aux consommateurs. En moins de dix minutes, il fut entouré, débordé, choyé, abreuvé, victime de percutantes questions. Il répondait à tout et à tous. Royal, il gueulait à Feld d'apporter à boire et encore à boire. Voilà qu'il était le père d'une demi-gloire ! Ça le farcissait d'orgueil. Il n'en finissait plus de s'écouter brailler.

— Les enfants, c'est des bourriques, messieurs dames ! C'est moi, un père, qui vous le dis. Le mien, de bâtard, il me conduirait à l'échafaud de bon cœur. C'est pourtant pas l'éducation qui lui a manqué, bon Dieu ! Vous pourrez vous renseigner. Je plains pas les calottes !... Feld ! À boire ! Du sec !...

Feld, il se multipliait. Et les gens arrivaient toujours, en nombre. Il avait dû boucler sa mère, on ne l'entendait pas.

Mon père reprenait :

— Sa mère pourrait vous en dire sur son compte ! C'est un indomptable, mon môme !

117

Pour le sonner, des fois, quand il le mérite, on se met à deux sur lui. Sa mère et moi. Pas moyen autrement. Et il se révolte, le voyou ! Comme je vous le dis ! C'est lui qui a déclenché l'histoire qui vous amène aujourd'hui. Mon fils ! Oui, messieurs dames. Pas un autre. Lui ! Les mômes, c'est des bourriques, je vous le dis !... Feld ! À boire ! Du sec !...

Avec lui, les visiteurs ne perdaient pas leur temps. Il dépassait toutes les espérances. Du coup, tous se figuraient reporters. Une jeune fille à l'étonnante poitrine prenait des photos plein son appareil. Elle faisait de la mise en scène. Ce qu'elle voulait, c'était du document vivant. Elle le disait. Nous, on s'immobilisait dans des poses bizarres, pour lui plaire. Mon père croisait les bras. On m'avait posté près de lui, ma mère était derrière. Mon vieux, il était suffoqué de pouvoir se saouler sans débourser un sou. Quand il ne sut plus quoi raconter de neuf sur ma personne, il sauta sur le père Chapuizat et le présenta au public.

— L'incurable, messieurs dames ! Lorgnez l'incurable ! criait-il.

L'incurable, qui lui n'avait pas le plus infime don de la parole, se bornait à tousser sur une note caverneuse. En artiste pulmonaire. Ça produisait un bel effet. Et il léchait tous les verres qu'on lui offrait. Le genre plaisait.

À la fin, les visiteurs prirent parti. Ils s'expliquaient entre eux sur les causes et les responsabilités. Ça créait des animosités. On distinguait les pour et les contre. Ceux qui s'en référaient à leurs croyances pour nous absoudre en totalité ; ceux qui prêchaient notre démembrement au nom de la salubrité publique. On nous demandait notre avis. On n'en avait pas, c'était simple. Ça s'envenimait en baveux charabia. Les hommes épiloguaient en profondeur sur la manière énergique de nettoyer le ghetto. Pour peu qu'on les eût encouragés, ils eussent préconisé le feu qui nettoie bien. Les femmes étaient touchées aux nerfs.

Elles caquetaient, ces frémissantes poulettes. Je ne recompose pas. J'ai la mémoire fidèle. Je revois les mines de ces gonzesses. Elles louchaient sur les garçons. Elles se seraient bien offert un de nous. Elles ne se possédaient plus, à ce déballage sordide qui ébranlait leur notion des classes.

Un matin deux flics vinrent nous chercher pour nous conduire à l'école sous escorte. Comme on eût fait de criminels.

Nous avons traversé les rues, précédés d'un agent, l'autre fermant la marche. Il ne nous manquait plus que les menottes. Triste, décourageant bataillon de déshérités. Schborn rageait, fulminait. Il crachait aux pieds des badauds qui nous contemplaient depuis le trottoir. Nous marchions en file indienne. Regardez-nous bien.

Nous ne comprenons pas encore pleinement l'infamie de ce défilé matinal, mais il nous imprégnera de haine tenace pour le reste de nos jours.

Regardez-nous.

Schborn commit l'imprudence de crier une injure à une vieille, empanachée et bijoutée, qui s'attendrissait sur le pipi de son Poméranie. Le flic de tête le gifla à toute volée. Sa joue saignait. Schborn lui cracha au visage. Fou, le bourre lui lança un coup de genou dans l'estomac qui le fit se plier en deux, sans souffle. Le type (une figure allongée, des yeux étroits, le corps maigre, tout en hauteur, je le reconnaîtrais entre mille), le type en profita pour lui flanquer une seconde gifle. Notre cortège reprit le pas. Schborn fut tout spécialement recommandé au directeur de l'école.

Dans la cour de l'établissement, les élèves « normaux », rangés un par un contre le mur, nous accueillirent par des rires, des quolibets. On les avait renseignés sur notre provenance. Nous étions étiquetés. Des prisonniers, des délinquants.

Les petits salauds, forts de l'approbation muette du directeur, nous moquaient sans se priver, mais malgré tout n'en menaient pas large. Ils étaient bien les dignes rejetons des curieux qui nous avaient visités. Tout en aboiements de roquets, mais rien dans le bide. Insolents et bébêtes. Ça leur durerait toute la vie.

Chairs à diplômes honorifiques. Ça oublie toujours de se transformer en hommes.

Le directeur prit livraison de nous, en nous bousculant, en nous bourrant les côtes. (Encore un qui s'imaginait que nous n'étions sensibles qu'aux brutalités.) Nous nous révoltâmes tout de suite. Pieds, poings et têtes entrèrent en action. Les deux agents intervinrent sans égard, tandis que les petits salauds se rangeaient dans un coin, épouvantés.

Le directeur en était congestionne de stupeur. Dès le premier matin, nous lui démontrions par la pratique qu'il devait faire gaffe. Notre rébellion l'avait considérablement ému. Il chargea les flics de nous aligner sur deux rangs. Ça commençait seulement.

VIII

L'« affaire » qui fut à l'origine de notre em-
brigadement scolaire se déclencha dans la soirée d'un dimanche. Ce fut une espèce de révolte contre le dégoût. Une révolte de nos
instincts purs, de notre rage enfantine. Gorgé
d'alcool, gonflé d'alcool, ivre, hoquetant et vo-
missant, titubant et fou, dévoré d'alcool, puant
et abject, le village s'épuisait en clameurs. Ça
beuglait. Ça gémissait. Les femmes entonnaient
des couplets bien obscènes et des refrains gra-
veleux. La débauche vient par la femme. Elles
relevaient haut leurs jupes sur leurs cuisses sales et dansaient. Les gosses restaient dans la rue
comme toujours. C'était le seul endroit où l'on
pouvait respirer.

La voix follement aiguë du père Lédernacht
triomphait du vacarme, répétant au milieu de
renvois qu'il avait vu, de ses yeux vu, le corps
de Christ déchiqueté. Qu'on ne l'empêcherait
pas de dire sa vérité tout juif qu'il était, et que

sa race n'avait rien à se reprocher, attendu que le noble Révolutionnaire n'avait jamais été crucifié. Pas crucifié : mais étripé.

— Étripé ! Étripé, comme Wieckevitz ! Alors ?

Ben Rhamed, cet affreux bicot syphilitique qui se joignait à nous tout le dimanche, lui tenait tête. Aussi incapables l'un que l'autre d'un raisonnement clair, ils voulaient s'entre-dévorer au nom d'une foi qui commençait à les tourmenter après la quatrième bouteille vidée. Ils n'en démordaient pas. Chacun dans son sens. Lédernacht insultait Christ, et Ben Rhamed, Lédernacht. Ils en venaient vite aux mains. Alors le Juif se taisait, mais l'alcool le poussant, il revenait à la discussion vingt fois dans la soirée.

Devant chez Feld, tenant à lui seul toute la largeur de la rue, Debrer dansait. Debrer entreprenait une longue danse improvisée, saccadée, exacerbante pour ses nerfs qu'il avait fragiles. Une sorte de maladive colère le tenait des pieds à la tête. En même temps qu'il dansait, il émettait des sons de la gorge, des râles courts et gras. Le rythme de sa danse satanique s'accélérait peu à peu. La sueur lui montait au front, lui dégoulinait sur les joues, l'inondait ; ses yeux pleuraient, son visage ruisselait. Son masque s'imprégnait d'une hideuse bestialité. Cela nous suffoquait et nous énervait chaque fois. Nous étions tous intérieurement agités de le voir. Avant de s'écrouler, rompu, d'un bloc,

123

Debrer n'avait plus rien d'humain. Monstre évadé d'un ténébreux cauchemar. Il était indescriptiblement laid. Le fils Lédernacht, soudainement ressaisi par l'hystérie ancestrale, battait des mains, scandant le pas démoniaque de la danse Debrer.

De temps en temps, deux ivrognes sortaient d'un bistrot pour se battre. Leurs têtes cognaient le pavé, leurs poings cognaient leurs têtes. Saouls à mort, ils ne trouvaient même plus le courage de crier leur mal. Ils échangeaient leurs coups en silence. La chair battue résonnait mat. Nous assistions chaque dimanche à cette furieuse bacchanale, nous autres, petits spectateurs prématurément endurcis à l'inconcevable. Si un des ivrognes se relevait, titubant il s'agrippait à nos épaules et retournait boire. Par la porte de chez Feld, je voyais ma mère, blouse béante, se laisser tripoter les seins par le vieux Lédernacht. La toux exaspérante du père Chapuizat déchirait les oreilles. Les rires, les soupirs, les cris, les mots cascadeurs, zigzaguaient à travers la rue et couraient se perdre du côté du terrain vague, dans le ciel, ou plus loin. Blaise, le crétin, ouvrait des yeux pesants d'incompréhension. Il pleurait sans un reniflement, les épaules tombées comme pour s'excuser de ses pleurs. Ses larmes d'innocent versées dans ce tumulte se paraient d'un sens majestueux et prophétique. Lubresco, mains aux poches, très rigide, le torse droit, souriait en Empereur. La râleuse chanson de la vieille à Feld, répandue dans le vide, berçait lugubrement la fête.

« L'affaire » prit racine dans ce cirque épouvantable. Ordinairement, avant la nuit, Totor Roméo s'esquivait, l'ombre n'étant pas favorable aux faibles dans notre coin. Ce soir-là, il était resté avec nous. Il traînait sa jambe folle après l'heure permise. Depuis sa cabane, la veuve Albadi, sa mère, l'appelait.

— Vittorio ! Vittorio !

Totor Roméo Albadi répond merde, les mains en porte-voix. Nous l'encourageons à désobéir. Ça nous prépare une distraction. Flatté de se ranger pour une fois du côté des forts, il nargue sa vieille. Il la provoque. Jusqu'à ce qu'elle se décide à se déranger. Cahotée sur ses hanches inégales, la veuve sort de chez elle et s'avance dans la rue. L'air du soir s'empare de sa voix et nous rend une gutturale symphonie sur deux tons.

— Vittorio ! Vittorio !

Cet appel, dans sa résonance, porte une note matérielle, sensuelle, presque. L'idiot cligne de l'œil vers nous et lui tire la langue. L'Italienne accourt du plus vite qu'elle peut nous retirer son débile rejeton qui, vraisemblablement, ne terminera pas avec nous sa soirée sans écoper un peu. C'est ce qu'elle lui explique en arrivant.

— Ils vont té fairé plorer ! Attenti Vittorio !

Aux grimaces coutumières et sans consé-
quence de tous les enfants, Roméo ajoute des
gestes vulgaires. Comme il nous l'a vu faire, il
prend à deux mains son sexe à travers l'étoffe
de sa culotte pour le tendre vers sa mère. En
riant. Le rire plus obscène, plus insupportable
que le geste. Il guette notre approbation que
nous lui accordons largement.

— Attenti Vittorio ! Avanti !

Elle tente de saisir son fils par le bras. Il se
dégage, d'un grand mouvement. La femme
manque d'équilibre. Elle trébuche, elle revient
à la charge, Totor bondit de côté et lui
échappe encore. Ils se coursent.

— Mon Vittorio ! Capisci, Vittorio ! Ils té
féront plorer. Attenti !

Et tous nous nous mettons à crier avec elle :

— Attenti, attenti, Vittorio !

L'imbécile est aux anges. Il rit en sautillant
pour éviter sa mère qui paraît bien décidée à
ne pas s'en retourner sans lui. Il s'en paye, le
tordu. Et sa vieille le poursuit là, là, à droite, à
gauche. Un curieux ballet.

— Attenti !

Debrer suit le manège de tous ses yeux.
Schborn reste planté, bizarre, comme indifférent, sans participer à nos cris. Déjà, le dégoût
doit monter en lui, avant de s'emparer de moi.
Lubresco s'avance vers Totor.

— Dis-lui qu'elle est une putain.

L'avorton n'hésite pas. Lubresco lui souffle

les pires outrages qu'il s'empresse de répéter. La veuve nous tend le poing.

— Salopés ! Salopés ! Fetiente !

Elle ne veut pas entendre les injures de son fils. Cela lui fait mal. Elle le tient pour irresponsable, ce qui, en fait, est vrai. Sans nos instigations, il la suivrait docilement. Elle voudrait le faire taire.

— Cé né pas toi qui parlé, mon bambino ! Non è vèro ! Toi tou m'aimés. Tais-toi, mon Vittorio. Tou né sais pas, toi. Tais-toi !

Totor s'épanche à fond. Il vole à Debrer les expressions fortes. Il insulte, il rigole, il ne se tient plus. Alors la veuve explose en haine brûlante contre nous tous. Ses nerfs ne résistent plus. Elle vocifère en italien. Elle fouette l'air de ses bras trop courts, elle nous menace, tempête, crachote, incendie, se jetant d'une hanche sur l'autre. Nous connaissons depuis longtemps ses contorsionnements colériques, mais voilà que Totor et Debrer se mettent à l'imiter et cela tourne à la réjouissance irrésistible. Tous les gosses poussent de grands rires. Nerveusement. Certains moments d'un jour sont traversés de courants inexplicables qui embrasent les nerfs. Ce soir, les gosses sont déchaînés, fous. D'ailleurs la folie nous visitera deux fois ce soir-là. La folie authentique. Quand Lubresco ramassera deux grosses pierres et en armera Totor Roméo et le jettera contre sa mère qui ne consentira à la retraite que pas à pas, face à son fils, horrifiée. Et plus tard, quand Schborn et moi emmènerons Blaise...

Victor Albadi, possesseur d'une suprématie effective pour la première fois de sa vie, vire au tyran. Fort de notre appui, ce faible ne se connaît plus. Il doit à peine se rendre compte que c'est sur sa mère qu'il marche, brandissant les deux pierres à bout de bras. Le délire enfle ses yeux. Il subit une transformation foudroyante. Il ne rit plus, bon Dieu ! Sa bouche se contracte, se relâche, se contracte. Aspect farouche d'un nain colosse. Il a en ce moment tant et tant de vengeances à assouvir. Il avance, lentement, sûr de lui, lentement comme dans un rêve. Sa mère l'attend. Quand il se trouve à cinq pas d'elle, elle recule un peu et l'appelle.

— Vittorio ! Non è vèro ! Jé souis ta mère ! crie-t-elle, puis en italien, comme une litanie déchirante : Madre, madre, madre...

Il n'entend peut-être pas. Il avance, c'est tout. Ramenant à chaque pas sa jambe faible, il avance. La veuve recule encore.

— Mon bambino ! Vittorio !

Elle pleure. Le silence s'est fait chez les gosses. Un silence dépouillé. Nu.

On entend en bruit de fond les gueulements des bistrots et l'appel répété.

— Vittorio ! Vittorio !

Schborn me prend le bras. Le serre. La peur s'inscrit, visible, sur le visage ridé de l'Italienne. Sur chaque trait, et pourtant elle ne tremble

128

pas tandis que nous autres n'osons braver l'a-
vorton.

— Écouté-moi, mon Vittorio ! E impossi-
bile... No... No, Vittorio !

Pareils à deux flèches alourdies, Lédernacht
et Ben Rhamed jaillissent de chez Feld, se collet-
tant. Alors Schborn fait un pas et tend le bras
en avant, vers Totor, un geste de sauveur, mais
les deux pierres partent avec un sifflement
aigu.

Cela ne saigne pas. La mère Albadi chan-
celle, les bras pendants, et s'abat, assommée.
Victor regarde sa mère avec effroi. Une seconde. Il se jette sur le corps, dans un élan,
sans rien trouver à dire. Il est étonné peut-être
de cette facilité qu'il y a à terrasser un être. Il
se blottit contre sa mère inerte tandis que les
gosses, impitoyables, cruels, les encerclent tous
les deux dans une ronde infernale. Schborn se
penche vers moi et me dit quelques mots ma-
gnifiques.

— C'est dégoûtant.

Je t'ai aimé mon camarade pour cette
phrase. Oui, cela est dégoûtant. Cela me dégoûte autant que toi. Cette bataille de mollus-
ques entre Lédernacht et Ben Rhamed lourds
d'alcool. Cela me dégoûte. Et Totor Roméo Albadi resté près de sa mère, couché sur elle, lui
demandant pardon d'une voix étrange : cela
me dégoûte. Plus que toutes les autres, cette
soirée est baignée de notre pestilence.

— On est des salauds. On est tous des salauds. C'est forcé. (Plus tard tu me diras : « Devant toute cette saloperie de zone, on avait envie d'être plus dégueulasses encore. ») L'impérieux besoin nous vient de faire cesser cette orgie, de la balayer, de nous évader, de ne plus nous souvenir. Et nous n'allons découvrir qu'une échappatoire logique : afin de nous dégager des monstres qui nous entourent, nous allons faire appel à ce qu'il y a de plus monstrueux en nous. Seul un acte déroutant, criminel, qui nous surpassera, pourra nous délivrer de ce mal. Hantés d'une même obsession, nous allons, toi et moi, entraîner Blaise dans le terrain vague, et ainsi nous aurons l'impression de faire un pas vers notre liberté future.

Cela, c'est « l'affaire ».

Blaise pleurait. Schborn l'empoigna parce qu'il se trouvait là. Le premier venu. Le crétin nous suivit docilement jusqu'au bas de la rue. En découvrant le terrain vague qui se perdait dans le noir, il eut peur. Schborn le tira à lui. Personne ne nous avait vus disparaître. Nous ne savions pas encore ce que nous allions faire de ce pleurnichard. Nous avions froid. Nous marchions vite, pressés d'agir. Les bruits du village nous parvenaient tamisés. Traversant l'espace, ils s'éteignaient à nos oreilles. La nudité désolante du terrain nous pénétrait jusqu'au-dedans, à travers la peau. Les gazomètres, au fond, dormaient, massifs, sur un ciel mi-clair.

Blaise chialait plus fort. Schborn lui demanda de se taire. Moi je le tenais par un bras et je me rappelle que son bras était mou, presque gélatineux comme s'il n'eût été fait que de chair flasque. Un serpent que j'avais dans ma main. Nous allâmes d'une traite à l'extrémité du terrain, guidés par la fatalité, jusqu'à un énorme tas de sable qui servait aux réparations des usines à gaz. À cette minute, trois destins s'entrechoquaient. Celui de Schborn et le mien, celui de Blaise le pleureur.

Le tas de sable se reposait, humide, compact. Tout fut fait en silence. Travail de taupes. Nos mains se glaçaient au contact du sable fin, mouillé, mais en nous, Schborn et moi, nous brûlions. Le trou présenta bientôt les dimensions voulues. Schborn en égalisa les bords avec son pied. Tout fut fait en silence. En silence, Blaise fut enterré jusqu'au cou, debout. Nous n'avions pas réussi à enterrer ses larmes éternelles. Et maintenant que c'était fini, nous avions peur et toujours froid. Nous n'osions pas nous regarder tous les deux. Schborn me toucha l'épaule et nous partîmes, suivis par les sanglots tendres de Blaise, comme par une petite bête plaintive.

Te souviens-tu, Schborn, mon camarade, de cette nuit passée dans une cabane toute proche ? L'un contre l'autre, tassés, grelottants, las, vides, silencieux. À cent mètres de nous, le gosse étouffait tout doucement dans le sable.

131

Nos mains s'étaient mêlées d'elles-mêmes. Elles se serraient fort. Nous avons écouté. Longtemps écouté les cris de Blaise. Terrifiants d'abord, résignés, puis décroissants peu à peu, puis son silence à lui. Puis rien.

Rien.

Nous avons écouté. Longtemps écouté son silence. En souhaitant que les cris reprennent. Tu t'es approché de moi. Plus près. Nos cœurs tapaient la peur. Nous n'avons pas bougé de la nuit. Nous n'avons pas dormi. Nous attendions le jour, engrossés du poids d'un crime. J'ai reçu ton souffle sur ma joue toute la nuit. Une bonne chaleur, réconfortante, rassurante, splendidement vivante, tandis que Blaise mourait Nous n'étions plus des gosses.

Au matin, les ouvriers des usines à gaz trouvèrent Blaise, le visage violacé, la langue sortie. Il n'était pas mort. Le ghetto assista aux manœuvres des pompiers, qui prirent trois longues heures pour le ranimer. Schborn avait les yeux cloués sur ce demi-cadavre. J'avais envie de dégueuler mon ventre. Envie de me vomir, de partir, de me tuer ou d'être un autre. De tout recommencer, de troquer mon nom. De crever.

Je ne sais à qui nous dûmes de ne pas être dirigés tout droit sur une maison de redressement. Une enquête fut ouverte qui ne se poursuivit pas. Je comprends à présent que cette tragédie ne concernait que nous. Je veux dire qu'elle n'atteignait pas le monde extérieur, comme le vol à l'étalage. La police n'exécuta qu'un travail sommaire. Sans les journaux qui échafaudèrent l'affaire, la montèrent en épingle, notre crime eût très bien pu passer inaperçu. Je comprends à présent que si Lédebaum fut condamné, c'est qu'il tenta d'étrangler sa sœur dans un hôtel de la ville. Sinon, il n'eût peut-être pas été inquiété. Ce qui se passait entre nous n'avait pas d'importance. Notre confrérie d'intouchables n'avait même pas droit à l'intérêt général. Peut-être aussi, la vie de Blaise, cette vie de crétin, ne fut-elle pas jugée d'après la mesure commune. Aucune plainte ne fut jamais déposée. Fréchard, le père de Blaise, crevait dans son antre, de paralysie généralisée ; et sa femme en avait assez de nourrir ces deux inutiles.

IX

L'école était un bâtiment épais, massif et sombre. Elle se situait à vingt minutes environ de la zone. Nous n'avions que les voûtes du pont du chemin de fer à traverser, l'avenue à suivre : l'école était au bout. Sur le parcours, aucun magasin, aucun étalage. En cours de route, nous ne risquions pas de dévaliser une paisible boutique. La prison se trouvait également dans les parages. Ça se devinait. Où se tient une prison, l'atmosphère alentour est spéciale. Un peu lourde, silencieuse, un peu électrique, extra-humaine. Le chemin était bordé de chaque côté par des murs hauts et noirs, humides, gras, alignant comme une tare leurs : « Défense d'afficher, loi du 29 juillet 1881. » Ce chemin, que nous avons emprunté pendant des années, laissait pressentir qu'à une de ses extrémités s'ouvrait un domaine à part, étrange, fantasmagorique : notre résidence.

Sous les grandes voûtes suintantes du pont, le vent s'engouffrait avec des plaintes d'enfant malade. Le vent se cognait aux murs, à la suite des murs, à leurs larmes grasses. Le soir, cet espace noyé d'ombre se peuplait de couples, corps à corps. En passant, on entendait des soupirs et le bruit des baisers. Le bruit des lèvres. Les amoureux sans moyens se retrouvaient dans le courant d'air, dans le vacarme des trains qui roulaient au-dessus de leurs têtes. Ils étaient là, bien tranquilles. Les pas résonnaient extraordinairement sous ce passage. Le rire d'une femme ou ses gloussements se prolongeaient à l'infini, traînés d'écho en écho, longtemps, longtemps, avant d'aller mourir à un bout de ce tunnel. Les deux corps d'un couple se confondaient sans pudeur. Collés l'un à l'autre. Emboîtés l'un dans l'autre. On voyait les têtes renversées des femmes, bouches ouvertes, sous le visage de l'homme. Même l'amour, chez nous, avait la saveur du terrible. Par hasard, une voiture fardait le décor de ses lumières jaune cru.

C'était là aussi que se réglaient les comptes. La situation et l'ombre des voûtes permettaient les discussions serrées et les mauvais coups qu'on flanque doucement, dans un petit geste sec, précis, le lingue large ouvert, bien en main. Les ambulances municipales sont venues plus d'une fois y ramasser le corps sanglant d'un bicot ou d'un Chinois. (Le quartier chinois n'était pas loin, à cent mètres tout au plus, de l'autre côté du fleuve.)

Nous avions toujours un léger frisson en passant sur cette voie, le soir. Au surplus, les clochards y logeaient à l'année, dans chaque renfoncement des piles. Ça puait affreusement la merde, l'urine et la crasse. Ils faisaient leur cuisine sur des feux de planches, en avalant le litre de rouge, au goulot, en se balançant des gnons de taille quand ça n'allait pas entre eux. Ça gueulait presque autant que chez nous dans ce secteur-là. De toutes les manières, vu que les clodos faisaient l'amour sur des sacs entassés, en guise de lit. Le chemin des écoliers. Les routes qu'empruntent les mal-nés sont pavées de couches glaireuses. Ils s'y embourbent et n'en sortent jamais. Ça les poursuit. Aujourd'hui, tout cela a changé. Les voûtes ont été recrépies, l'éclairage installé. À présent c'est propre, net et rigoureux. Au bout de ces voûtes, on trouvera peut-être un jour un quartier riche et serein, bâti en belles pierres blanches sur un terrain vague oublié. Un quartier tout neuf, sans lèpre, à l'âme paisible, au regard calme. Si Lédebaum revenait, il ne pourrait déjà plus descendre sa rue, mains dans les poches, l'air farouche. C'est drôle, le temps qui passe. Ça chamboule tout. Ça massacre. Ça enterre les souvenirs.

L'avenue descendue, c'était l'école. Elle nous absorba. Delbos, le directeur, avait reçu un rapport très détaillé sur notre cas. Il avait dû le prendre en considération. J'ai raconté notre arrivée.

Long, maigre, sec, hissé sur des jambes interminables, les épaules voûtées, les yeux à l'affût de l'introuvable, le nez très pointu, Delbos détestait les enfants en général. Nous, il nous avait en abomination. Il se plaisait à jouer les terreurs dans le bâtiment. Lorsqu'il battait un gosse, ça brillait fulgurant, ses yeux. Il camouflait la joie qu'il éprouvait à taper, derrière un sourire de plâtre, crispé, qui ne le quittait jamais. Avant de corriger, il prenait son élan, le bras rejeté en arrière. Les têtes des mouflets, elles virevoltaient sous ses claques. D'un coup. Vlan ! Plus le gamin pleurait, plus Delbos se déchargeait sur lui. Il avait même une spécialité qui pourrait résumer sa nature. En le prenant entre les pouces et les index, par les favoris, à hauteur des oreilles, il soulevait un gosse de quelques centimètres. Il était l'auteur de cette trouvaille. Il avait découvert que la région des tempes est sensible. Cela avait l'air de le passionner. Il s'en donnait à cœur joie. Des jours, ça le prenait dès le matin. Il parcourait toutes les classes, furetant, le nez en chasse. Une claque ici ou là pour se mettre en train, s'échauffer la bile et nous réserver le meilleur de ses colères. On avait toutes ses prédilections. Ses faveurs. C'était dans notre classe qu'il se déchaînait à fond. Il surgissait dans notre salle, pareil à un vautour. Il en avait le physique. Il lorgnait nos têtes à gifles. Il se frottait les mains. Il avait la peau rugueuse, froide. Il grimpait illico sur l'estrade, d'un seul bond de ses grandes jambes, et nous examinait, l'un après l'autre. On avait droit à toute son attention. Il faut dire ce qui est, il s'est bien occupé de nous. Il glissait vers le bureau de Loucheur et sans nous quitter des yeux l'interrogeait.

— Monsieur Glosse, êtes-vous content de ces messieurs ?

Loucheur bavotait. Face à Delbos, il était pris de panique. Il ne pouvait pas répondre à temps. Ça ne venait pas sur sa langue. Ça lui refluait dans la gorge. Il ânonnait.

— M'sieur... Directeur... M'sieur... Directeur...

Pas plus. Delbos s'en moquait. Dans un sens, ça l'arrangeait même, cette terreur qu'il inspirait.

— Votre silence est significatif, monsieur Glosse.

Il souriait. Ses mains papillonnaient toutes seules.

— Il n'y a rien à tirer de ces apaches !

Loucheur était embarrassé pour le restant de ses jours. Dans son for intérieur, c'était un brave homme, un brave connaud. Seulement, devant le Directeur il fondait. Il se cantonnait dans l'incertain, dans l'inexprimé. Il battait des bras, de haut en bas. Ses mains tapotaient les jambes de son vieux froc raccommodé. Ce qu'il désirait avant tout, c'était sa tranquillité. Il nous craignait autant que Delbos. Il ne comprenait pas la colère. Selon lui, tout pouvait s'arranger ici-bas. S'arranger à l'amiable. Depuis toujours, il était fait aux concessions. Il s'estimait payé pour faire ses cours, non pour distribuer des mornifles. Delbos le méprisait. Il l'eût saqué avec joie.

— Vous êtes faible avec eux, monsieur Glosse.

Loucheur se troublait.

— Répondez !

— Oui, monsieur le Directeur.

— C'est heureux, vous le reconnaissez !

Le pauvre diable était prêt à tout reconnaître. Ça le retournait, ces séances.

— Je ne puis tolérer votre faiblesse ! Ou vous serez dur, ou je vous ferai flanquer à la porte ! Vous entendez ?

Il entendait. Il rougissait. Il quittait ses lunettes, les essuyait avec son mouchoir, les remettait, les requittait dans un même mouvement fébrile. C'était mécanique. Nous, on se marrait en dedans. Delbos se réjouissait, lui aussi.

— Prenez exemple sur moi ! Je suis dur !

Loucheur approuvait, de toute la tête. Il rendait un bel hommage à la dureté du directeur.

— L'école serait-elle vivable si je ne la régissais pas durement ?

Loucheur ne s'empressait pas de répondre aux questions parce qu'une question ça sup-

139

pose deux réponses. L'affirmative et la négative. Dans le doute, il laissait venir, accordant
toute son attention à dissiper une ultime tache
de gras sur ses verres. Il ne prenait pas l'initiative du choix. Delbos faisait la réponse.

— Non. L'école ne serait pas vivable ! Je
vous ordonne d'être intransigeant à l'avenir.
Vous comprenez ? In-tran-si-geant. Nous avons
affaire à des petites brutes. Il faut les mener au
stick ! Ils ne connaissent que ça, depuis toujours. Répandez la crainte, monsieur Glosse !
Sans quoi : la porte !

Loucheur répondait « oui ». Il était soulagé.
Delbos en avait fini avec lui. Il replaçait ses
lunettes, se mouchait, une narine après l'autre,
pliait son mouchoir en quatre, se secouait
comme un chien mouillé, reprenait sa place à
son bureau, règle en main et tapait des grands
coups sur le meuble, cherchant une autorité
dans le bruit.

Cher et pitoyable Loucheur ! Tu aurais pu
devenir un honorable curé de campagne ou un
père de famille dans un quartier correct. De
ceux qui sortent leur femme et leurs enfants
tous les dimanches, bras dessus, bras dessous, le
pli du pantalon bien fait, les godasses reluisan-
tes, la cravate soigneusement nouée. Au lieu de
cela, ton étoile t'avait conduit jusque dans nos
parages barbares.

Ensuite, Delbos se consacrait entièrement à
nous. Certaines matinées se passaient en pleurs,

en claques bien appliquées et en prédictions de mauvais augure nous concernant. Delbos marchait dans les rangées, les mains au dos, visant nos tignasses. Il nous haïssait. Il haïssait notre saleté, notre pauvreté et surtout notre orgueil car nous n'en manquions pas. Cela le minait, le désarçonnait dans sa conception des pauvres. Il avait tout spécialement une dent contre moi. Je ne perdais pas la déplorable habitude de relever la tête sous ses insultes et ses coups. Je le regardais bien en face. Muet. En homme. Je savais déjà faire. Et pour comble, je ne chialais jamais. Selon lui, nous aurions dû nous humilier, nous traîner à ses pieds, geindre et gémir. Selon lui, nous étions l'ivraie de la terre. L'ivraie ça s'arrache, on la détruit. C'était son ambition. Avec moi, avec Schborn, il avait tout essayé. Notre regard ne cédait pas. Ça le foutait dans des colères incoercibles. Ça lui ravageait le visage, tant il était en rogne.

— Petites larves ! Petits bandits !... Vous finirez dans les prisons ! Tous dans les prisons ! Tous !

À quelques exceptions près, il ne se trompait pas.

— Vous ne me faites pas peur, tous, autant que vous êtes ! La vermine ça s'écrase ! Vous ne serez pas les plus forts !

Les deux agents de police faisaient les cent pas dans la cour.

— Et que je n'entende plus parler de vous !
Je vous briserai !

Je jure qu'il attendait ardemment un scandale dans l'enceinte de l'école. Il eût été à son affaire. Ses rapports à l'Académie et à la Préfecture eussent été tout à fait circonstanciés. Le bagne de gosses en eût découlé. Il nous provoquait. Si nous avions été assez téméraires pour esquinter un môme de bonne famille, le Delbos il s'en serait donné de l'agitation pour nous faire coffrer. Il y aurait mis toute sa science.

Mais nous sentions le danger. Le danger et nous étions de vieilles, vieilles, connaissances. Nous en avions fait le tour depuis des années et Delbos n'était pas encore assez coriace pour nous surprendre. C'était un gamin dans la trouvaille machiavélique. Nous lui rendions des points. Il venait à peine au monde. Dans ce domaine, Lobe avait de l'envergure. Delbos non. Il parlait trop. Il était trop nerveux, pas assez patient.

Sur le coup de dix heures, le matin, les autres élèves étaient en récréation. Nous, nous n'avions pas le droit de sortir. Les lourdes se refermaient sur nous à huit heures du matin pour ne se rouvrir que le soir. À midi nous mangions à la cantine, à part, naturellement. On ne nous mélangeait pas.

Les cris joyeux, les jeux des normaux nous parvenaient par les fenêtres ouvertes. De les écouter se dérouler, en bas, nous excitait dans notre chair. Nous avions du mal à ne pas bondir dans les couloirs et nous précipiter dans la cour. Une féroce envie de liberté nous rongeait tous les matins. Nos bagarres de la zone, nos escapades en ville, notre merveilleuse et sauvage indépendance se ranimaient en nous, qui restions cloués sur nos bancs, dans la classe puant le moisi et les pieds. Dans la cour, Delbos incitait les autres à crier le plus fort possible pour ne rien nous épargner. Derrière ses lunettes, Loucheur nous comprenait. Il ne trouvait pas cela très humain, mais n'osait rien dire. Il bouffait comme tout le monde : deux fois par jour. Ça donne à réfléchir, la sécurité du ventre. Il nous comprenait sans rien dire.

— Prenez vos livres page cent sept.

Il disait cela d'une voix timide. Il savait bien que nous n'écouterions pas la leçon. Nos yeux s'accrochaient aux fenêtres. On chipait un coin du ciel, un lambeau de nuage, un bout de soleil. Schborn qui était placé à l'autre extrémité de la classe — on nous avait séparés — me regardait, les yeux tristes.

Moi, je me rappelle admirablement.

Moi, je n'ai jamais, de ma vie, foutu un oiseau en cage. Ni rien, ni personne. Voilà.

Au cours de la leçon, Loucheur avait la délicatesse de ne pas nous interroger. Il lisait à haute voix en respectant la ponctuation :

Notre premier devoir est le travail, le second la

bonté. Nous devons être bons pour les autres parce qu'on a été, si peu que ce soit, bon pour nous...[1].

Delbos avait le génie des petits tourments. Dans sa volonté de nous confondre, de nous brimer, de nous prendre sur le fait, il ne savait qu'inventer. Il devait consacrer ses journées à chercher des occasions de nous nuire.

Un matin, peu de temps après notre arrivée, il entre dans la classe. Il est dix heures. On entend dans l'escalier le chahut des autres enfants qui descendent. À l'apparition de Delbos, Loucheur se lève, déjà courbé pour mille promptes révérences. Nous l'imitons, plantés dans les rangées, sauf Schborn qui lui ne se dresse jamais à l'entrée de Delbos, ce qui lui vaut une claque à chaque fois.

— Mettez-vous en rangs ! Et descendez.

Loucheur a de la peine à comprendre. En ordre, dérouillant quand même dans les jambes quelques coups de pied du directeur, histoire de ne pas nous croire tout permis, nous rejoignons les autres dans la cour. Les petits proprets font mine de jouer mais ils nous attendent. Ils ont de mielleux sourires plein la bouche. Ils nous jettent des regards en dessous. Cette bonhomie subite de leur part dissimule un mystère. Nous ne sommes pas dupes et Schborn nous prévient :

— Pas de pétard.

1. Francisque Sarcey, *Leçon de langue française*.

Tout de go, on nous propose de nous joindre aux jeux. On est prévenant avec nous. Delbos surveille la manœuvre. Loucheur en est estomaqué. Ça l'étonne cent fois plus que nous, toute cette diplomatie. Il connaît le directeur de longue date.

Comme c'est l'époque des billes, des tirs s'organisent. Les mouflets de la ville sont maladroits à n'y pas croire. Ça nous surprend. Ils ne savent pas viser. Ils tirent de traviole. Ils s'énervent. Les jeux d'adresse ne sont pas pour eux. Par contre, l'adresse, nous, on l'a dans le sang. On est habiles de nos mains. En moins de deux, nous leur raflons une centaine de billes. Des coloriées et des miroitantes. Schborn a ses poches pleines. Debrer n'arrête pas de ramasser la manne. Ça roule de tous les côtés à la fois. Et les petits huppés tirent toujours. Au hasard. Grogeat rigole. Il est content de l'aubaine, car nous revendons les billes aux élèves de l'école libre, à la sortie. Chapuizat agite ses grandes guibolles pour bloquer les boules du pied. Il est vif. Bientôt, nous ne savons plus où les fourrer. On en fait un tas à côté de nous.

Alors Delbos intervient, furibond, indigné. Il ressemble à ces diables versicolores qui jaillissent de leur boîte noire, au bout d'un ressort.

— Voleurs ! Voyous ! Vous trichez ! Je vous ai vus tricher !

Il n'en finit pas de crier et de gesticuler.

— Voleurs ! Voyous !

Le tout parfaitement combiné d'avance ; à sa suite, voilà les gosses qui nous insultent et Debrer n'y coupe pas d'un gnon.

— Voilà comment vous me remerciez de vous avoir accordé une récréation ! Voleurs ! On m'y reprendra à vous faire confiance !

De but en blanc, il en vient aux gifles. Ça pleut serré. Quant aux petits proprets, bien sapés, bien récurés, jolis et roses, ils se soulagent un bon coup sur nos os. Nous restons tranquilles. Nous ne ripostons pas. On ne nous aura pas à l'astuce. Nous restons de marbre. Tant et si bien que la furie s'apaise rapidement. Vexé à mort de son coup manqué, Delbos nous fait rendre les billes, toutes les billes, y compris celles qui nous appartenaient avant le jeu. Et nous grimpons quatre à quatre, dare-dare, les escaliers sous les gueulements retentissants de M. Delbos, notre directeur.

Au fond de la cour, les deux cognes rient à en perdre haleine.

... Nous, on avait des poux depuis toujours. De père en fils, pour ainsi dire. Cela ne nous gênait plus, nous n'y faisions plus attention. Ça nous cavalait sur la tête dans tous les sens et sous les bras, dans la tiédeur des aisselles et à la limite du cou ou dans les chaussettes, à nous bouffer partout ; mais ils préféraient quand même les cheveux. Ils étaient venus à l'école avec nous, inséparables que nous étions. Avant notre débarquement on n'en avait jamais vu dans les parages. Du jour au lendemain tout le monde se gratta, s'écorcha, se déchira, s'enflamma l'épiderme. Dans les débuts, la première semaine, les autres mômes, pas habitués, trouvaient cela fort amusant. Ils s'épouillaient mutuellement, se tripatouillaient la tête l'un l'autre, se fouillaient les recoins : c'était devenu un passe-temps, ça les rendait hilares. Ils avaient fabriqué des petites boîtes de carton avec ouverture de mica pour mettre les poux dedans, et suivre les évolutions de la vermine. Ça les passionnait à fond. Chaque casier de chaque élève avait sa boîte. Nous nous étonnions de leur naïve surprise : les poux et les punaises et les cancrelats et les morpions nous étaient connus depuis toujours. De père en fils pour ainsi dire.

La première semaine écoulée, les gosses en eurent assez. Ils chialèrent, se plaignirent à leur famille et une délégation de pères furibonds se présenta au bureau de Delbos, un matin, criant au scandale, éructant leur mécontentement, leur indignation, brandissant leurs fils en bout de main pour témoigner de la chose ; leurs rejetons qui, ma foi, avaient la peau en cloques, toute rougie, avec des plaques comme ça. Chez certains, ça devenait même purulent à force d'avoir été gratté jusqu'au sang.

Ils avaient la peau tendre, tendre, ces mômes.

Le cortège des paternels refoulé, Delbos nous fit appeler dans son bureau. Il occupait à l'extrémité du couloir une carrée infecte, sans fenêtre, aux murs décrépis, sans ornementation. Seule sur une étagère, une République aux seins tricolores, cocasse et poussiéreuse. Sa table de travail tenait le centre de la pièce avec un fauteuil crevé dans son milieu. Sur la table un gros encrier de bronze, une règle de métal, un coupe-papier, des porte-plume, des gommes, et trois Larousse complets reliés vert fané. Ça puait les pieds plus encore que dans les classes. Il n'y avait rien à faire contre ça. C'était l'odeur des générations de loupiots qui avaient séjourné dans les lieux. L'école entière puait les pieds.

Delbos se tenait droit derrière son bureau, la gueule mince, l'œil fulgurant derrière l'or de ses lunettes.

— Salauds ! nous cria-t-il.

Dès le seuil. Avant même que nous ayons fini d'entrer. Sans nous laisser le temps de refermer la battante.

— Salauds !

Nous ne savions pas de quoi il pouvait bien s'agir. Nous ne pensions pas le moins du monde aux poux. Nous n'envisagions pas l'éventualité des poux. Nous attendions qu'il s'explique.

— Salauds !

C'était plutôt brutal comme entrée en matière.

— Ça ne vous suffit pas d'être des charognes, non ? Vous avez des poux par-dessus le marché !

On en avait.

— Ah ! Saligauds ! On ne me débarrassera donc jamais de vous ? Ah ! Salopards !

Il ne surveillait plus son langage. Il se laissait aller. Les poux le dégoûtaient plus que tout le reste.

— Ah ! Pouilleux ! Je vous veux tondus à ras dès demain matin ! Si l'un de vous s'amène demain avec sa tignasse, je lui casse les reins ! Ah ! Croûteux sagouins ! Ah ! Ordures ! Et maintenant foutez-moi le camp avec vos poux ! Foutez-moi le camp !

Tout bien pesé, il n'avait pas tort. Nos crinières supprimées, les petites bêtes n'auraient plus leurs aises. Et puis cette idée de nous voir tous rasés à zéro nous séduisait.

Le soir même chez Feld, on installa une petite chaise de fer et le soutier Malot tailla nos crins à larges coups réguliers, avec une énorme tondeuse à chien.

Les cheveux s'entassaient par terre. Les blonds et les bruns. Les poux déménageaient en vitesse, sans pour cela nous quitter tout à fait. En riant, à la queue, nous attendions que vînt notre tour de nous asseoir sur la chaise. Le premier tondu fut Julius qui avait l'air plus juif que jamais avec son crâne ovoïdal à nu. Son front écrasé ressortait curieusement, bouffant ses yeux étroits. On se foutait de lui et son père n'était pas content du tout de cette transformation. Il demanda à Malot si l'on ne pouvait pas arranger ça, ce à quoi le mataf impénétrable, pipe au bec, répondait : « Hum... Hum... » Il n'était pas content le père Lédernacht. Julius se contemplait dans un débris de miroir, minaudait, se dévissait la tête comme chez le coiffeur. Chapuizat s'était approché de la chaise pour suivre de près l'opération sur la tête de son fils. Après Chapuizat ce fut Schborn, après ce fut mon frère Lucien, après, moi. Je ne suis pas beau, j'ai une gueule mal équilibrée, un front bas, un nez trop gras et des yeux petits, sans éclat ; je ne suis pas beau, mais le crâne à l'air je ressemblais à un diablotin lubrique ou à un voyou qu'on libère de forteresse. Je me faisais peur. Je ne me reconnaissais pas. Je ne pensais plus à me moquer de Julius. J'étais plus laid que lui. J'en voulais à Delbos, aux poux, et une fois de plus, à la zone, au monde. Mon vieux à moi se fichait de me voir tondu ou non. Il buvait. Il engageait un dialogue avec le tuberculeux sur les parasites, l'hygiène, les désinfectants, les bienfaits et les inconvénients d'une rigoureuse propreté.

— Les poux, ça vient dans la crasse, disait Chapuizat.

— Pas forcément, disait mon père.

— Si ! La crasse, ça attire la crasse.

— Pas forcément. La preuve, c'est que j'ai connu un type, genre rupin, genre pommadé et tout, qui avait des poux ! Et pas des minces ! Des beaux, des comacques ! Et pour ce qui était de l'hygiène, il en avait, bordel ! il en avait ce mecton-là ! Un zigue qui se récurait jusqu'à des deux fois par jour.

— Combien ? demandait Lédernacht, éberlué.

— Deux fois !

— Deux fois ?

— Deux fois. Je te bluffe pas. Je l'ai connu moi, ce type ! Et il avait des poux, parole ! Tu pourras demander à la Sophe (Sophie, ma mère).

— Je dis pas pour ton type, répliquait Chapuizat ; mais les poux ça vient dans la crasse.

— Qu'on se lave ou pas, ici, c'est kif-kif... Y a des poux.

Julius qui jouait, roulé par terre dans le tas de cheveux, entrait d'une phrase dans le débat.

— Chez nous, ça grouille. Y en a même qui tombent du ciel.

— Déconne pas, disait son père.

— Je déconne pas. Y en a qui se noient dans la soupe.

Lédernacht s'excusait.

— C'est forcé !... Je vends des fringues ! C'est pour ça. Les fringues ça les tente, ils aiment ça. C'est chaud, c'est douillet ; ils se trouvent bien peinards, ils viennent, ils s'installent, ils font des petits et ça va vite !... Merde alors !... Dans les fringues, c'est forcé. Ça veut pas dire que chez moi c'est plus sale qu'ailleurs.

Julius rigolait.

— T'es un cochon, disait-il à son père.

— Qu'est-ce que tu as dit ?

— T'es un cochon ! Un cochon ! Ils se noient dans la soupe ! Y en a toujours dans la soupe ! Plein l'assiette ! Plein à ras l'assiette ! Rien que des poux ! On voit plus la soupe !

Il exagérait à plaisir. Son vieux ne pigeait pas. Il se mit en rogne et lui décocha un méchant coup de pied au cul. Julius se leva, cracha devant lui avant de sortir, et sur la porte reprit :

— Plein la soupe ! On voit plus le jus ! On bouffe que des poux chez nous !

Lédernacht prenait mon père à témoin.

— Tu l'entends ? Il déconne !... Fous le camp !

Chapuizat tenait à son idée.

— C'est ce que je dis. Les poux, c'est la crasse qui les amène. Les fringues, voilà...

Mon père voyait plus large.

— On dit que c'est dégueulasse, pourquoi ? Les poux c'est pas plus dégueulasse que les bêtes à bon Dieu... Seulement on a pris l'habitude de les trouver plus sales, voilà tout.

Feld intervint.

— Des bêtes à bon Dieu ça pique pas.

— Pardon ! Les poux ça pique au début.
Rien qu'au début, quand tu as les premiers !...
Après on s'y fait, c'est comme pour tout.

— Ça c'est juste, disait Chapuizat.

— C'est comme pour tout !... Le premier
coup de pinard ça te rétame, après on s'y
fait !... Ah !...

— Ça c'est juste.

— Au début seulement !...

— T'as de ces comparaisons bien trouvées !
T'es pas un con. Si tu voulais, tu pourrais faire
des grands trucs aussi bien qu'un autre.

Mon père sous le compliment du tuberculeux fondait d'aise.

— Peut-être... Je dis pas... Peut-être...

— Pas peut-être ! Tu sais causer. Tu pourrais
devenir un type à la hauteur !

— Faudrait s'y mettre, disait mon père. C'est
ce que la Sophe me répète : faudrait que je m'y
mette, je ne dis pas... Peut-être... Ça, c'est vrai,
je sais causer.

Il devenait songeur. Rêvasseux. Son cœur se
ramollissait. Chapuizat commandait à boire à
ses frais. Avec mon papa, ça rendait, la flatterie.
À tous les coups.

L'autre en abusait.

Avant onze heures nous fûmes tous taillés selon le désir de Delbos.

153

Après l'affaire des poux, il y eut des protestations véhémentes qui bouleversèrent l'Académie. En l'espace de quinze jours, l'école se transforma. Les petits rupins furent transférés dans un autre établissement digne de les recevoir. Le jour du départ, Delbos qui perdait la face nous fit nous aligner contre le mur de la cour sous une pluie battante. Nous devions faire nos adieux aux normaux. Il nous engueulait de plus belle, ne se gênait plus avec nous. Il se vidait sur nous de tout un passé d'ambitions avortées : n'étant qu'un raté ambitieux, le cœur et le cerveau rongés à l'extrême de rancunes tenaces et d'aigreurs contre les autres qui avaient réussi à sa place.

Devant les élèves, à l'abri sous le préau, il nous tenait un discours bourré de prophéties maléfiques. Les gosses riaient de nous, soulevés d'hilarité par les grossièretés du directeur qui, méprisant la pluie, arpentait la cour en tous sens et nous montrait le poing. Il ne pouvait admettre ce départ qui nous laissait la place. Il transpirait la haine, rien que la haine, du front à la bouche, dans toutes ses rides, dans ses yeux étroits, dans ses gestes. Albadi, fatigué, oublia un tiers de seconde de se tenir au garde-à-vous. Delbos arriva sur lui à toute allure, lui décocha un coup de pied dans le ventre qui l'envoya bouler dans une flaque d'eau. Il se releva en pleurant, en se tenant le ventre et revint se ranger entre Julius et Meunier, sagement, craintif.

Sagement, avant de s'affaisser peu après. Son menton était bleu, il respirait avec peine, immobile, raide, inanimé. Furieux, Delbos le secoua du bout du pied, croyant à un simulacre. Totor ne bougeait pas. Sa tête rasée baignait dans l'eau, la pluie dégoulinait sur son visage blanc. La stupéfaction s'empara des petits élèves qui, brusquement, n'avaient plus envie de rire. Ils avaient peur. Delbos s'était tu. Il se tenait penché sur Victor Albadi, lui claquant les joues.

Nous le transportâmes dans la cantine. Loucheur suivait cela d'un air égaré à travers ses lunettes, de son trouble regard de lunaire. Étendu sur la table du réfectoire, Roméo ne remuait pas. Ses mains s'étaient crispées, les doigts crochetés sur les paumes. Ses vêtements dégouttaient d'eau. Delbos le giflait toujours sans résultat. Nous étions tous autour de cette petite dépouille roide. La longue salle peinte en blanc était gonflée de silence, propre, nue, enceinte d'un très grand silence, de ce viril silence des veillées mortuaires. Schborn regardait Delbos qui n'osait lever la tête. Il devait se dire que, cette fois, il était allé un peu loin. À la vérité, il avait signé son arrêt de mort.

Le soir chez nous, la veuve Albadi fit retentir la rue de ses chialements éperdus et demanda qu'on la conduisît à l'hôpital où son fils avait été transporté. Le lendemain, le commissaire de l'arrondissement dont dépendait l'école se présenta à Delbos qui en dernière manœuvre essaya d'accuser Debrer. Raconter le menu de cette histoire serait sans intérêt. Il y eut de longs démêlés avec les autorités et un procès dont Delbos sortit cassé de ses fonctions. J'ai su cela il y a deux ans environ par Etchevin qui aime à broyer des souvenirs en ma compagnie, et qui se rappelle avec fierté qu'il était en ce temps-là un des plus jeunes commissaires de France.

Loucheur assuma les responsabilités directoriales pendant une huitaine et céda la place à un petit bonhomme court sur pattes, la tête bizarrement taillée, rempli de tics, une cicatrice au front et un monocle incrusté dans l'orbite droite. Lobe.

X

Lobe de qui je reçois chaque année une carte postale : « Je tiens bon. Salut. Emmanuel Lobe. » C'est tout. Une fois par an. Il doit avoir quelque chose comme soixante-dix-sept ans ou plus. Je ne sais pas au juste. Je ne l'ai pas revu depuis une dizaine d'années, terré qu'il est dans un patelin de l'Écosse où il a hérité d'une maison déglinguée de la cave au grenier, mais qui tient bon, elle aussi, et qui durera bien autant que lui-même. Je m'attends un jour ou l'autre à le voir pousser la porte de ma chambre (il ne frapperait pas), entrer et s'installer, monocle à l'œil, manche béante, rictus à la bouche et me raconter, comme lui seul sait le faire, des histoires et des histoires sur toutes les femmes qu'il a dû connaître et baiser durant ces douze dernières années. Je l'imagine, se jetant sur mon lit, allumant une cigarette après m'avoir simplement dit bonjour, me débitant ses aventures. M'entretenant une fois encore et avant tout de sa Dorothée qui le quitta à l'improviste pour suivre un maquereau de rencontre. Je le vois, ce bougre d'homme, m'énumérant les particularités des putains d'Écosse, d'Angleterre, qui un jour ou l'autre l'ont contenté.

— Et à l'œil, mon petit ! À l'œil ! Malgré ma gueule recuite, mon moignon dégoûtant, elles en veulent encore.

Ce fut toujours son point d'honneur que de monter gratuitement avec une fille de la rue. Lorsqu'il tombait sur une incorruptible, il en était tout contrarié et glosait sur les femmes pendant des heures. Il tirait gloire de n'avoir jamais payé pour faire l'amour.

— Ça se passe gratis, ou ça ne se passe pas. C'est l'un ou l'autre.

Je l'imagine. Je l'imagine me demandant à boire avant même d'avoir dit quinze mots, car il a continuellement soif, et sur ce chapitre il me sait à la hauteur. Le premier argent que je ratisserai maintenant me servira à faire le voyage. C'est une pensée qui me tourneboule et fait du chemin dans ma cervelle depuis un sacré bout de temps. J'ai envie de le revoir, de l'entendre, de traîner des nuits entières, de bistrot en bistrot, menant une foire effrénée. J'ai une photographie de sa bicoque ; toute de guingois au fond d'un jardinet très anglais. C'est la mode là-bas. Il a chambardé les fleurs pour y cultiver la pomme de terre et les radis tendres. Je voudrais le voir bêche en main ! Et c'est bien le diable si je ne le ramène pas avec moi, maison vendue et argent bu.

Rares sont les êtres qui laissent un vide réel derrière eux. Rares sont ceux qu'il vous tarde de serrer dans les bras, amicalement, sans un mot, avec le silence du cœur. J'ai confiance, il ne mourra pas avant cette revoyure. Il doit m'attendre de son côté et, s'il ne vient pas, c'est qu'il ne doit plus pouvoir se déplacer facilement. Il va sur les quatre-vingts. C'est un âge.

Lobe était exactement le pédagogue qu'il nous fallait. Il nous jaugea à notre réelle valeur, d'un coup d'œil. Il sut à qui il avait affaire et il nous accorda confiance. Il demanda que la surveillance policière fût écartée de l'école. Avant son arrivée, nos entrées et nos sorties étaient contrôlées à la loupe par deux types de service. Lobe s'engagea à nous surveiller lui-même. C'était un fameux bon point pour lui. Nous lui en sûmes gré aussitôt. Avec lui on allait pouvoir s'entendre. Il était de notre bord, ce manchot à monocle strié qui buvait les lumières.

La contrainte policière évanouie sur son initiative, elle nous devint supportable, l'école. Nous manquions d'air, de liberté, de place pour nos ébats ; nos cerveaux incultes se pliaient mal aux leçons, à la discipline et aux horaires, mais Loucheur se bornait à rabâcher ses cours, et Lobe était bon bougre. Il nous comprenait tout à fait. Il nous prenait dans le bon sens. On s'y faisait. À la fin, c'était la grande famille.

Dans les premiers temps, Lobe peupla nos journées de récréations. Notre préférence allant aux bagarres, aux jeux de force, Lobe prit part à nos mêlées. Il autorisait tout à condition qu'on le respectât et qu'on lui obéît. Schborn et moi qui avions de l'ascendant sur les autres, il nous traitait en copains. Il nous apprivoisa en un tournemain. Il nous prenait au sérieux, nous interrogeait sur notre condition sans jamais se moquer de nous. On eût dit qu'il savait tout de nos lourdes peines d'enfants, et peut-être, vraiment, savait-il tout de ce long désespoir, de cette plainte venue de loin, cramponnée en nous comme une affreuse petite bête noire. Comme un cancer. On eût dit qu'il avait, avant nous, éprouvé cette patiente morsure de l'incurable cancer de la mauvaise chance.

Lobe me préférait à tous. Il me prenait par le bras, des fois, le soir. On marchait ensemble quelques pas. Il parlait de la vie. La sienne et la vie en général. En homme qui a vu de près la saloperie, et qui sait. Il me prodiguait des conseils, sans en avoir l'air, en me tenant le bras, comme ça, en grillant une sèche.

Moi, je ne comprenais pas bien. J'écoutais.

La semaine qui vit son arrivée dans l'école décida des rapports que nous devions avoir par la suite. Lobe ne prit pas plus de cette semaine pour nous captiver, nous séduire. Dix jours plus tard, nous faisions, lui et moi, des promenades, sa main sur mon épaule, moi fumant les cigarettes qu'il m'offrait. Deux jours encore et je l'accompagnais avec Dorothée dans le bistrot. Je ne le quittais pour ainsi dire plus, sauf lorsque la folie de l'évasion le prenait et qu'il organisait pour lui seul des bordées splendides de plusieurs jours consécutifs.

Le lendemain de sa prise de fonction, nous le vîmes visiter, fouiller, flairer, tournebouler, remuer toute l'école, du haut en bas, du grenier où moisissaient de vieux pupitres, jusqu'au sous-sol qui appartenait à la poussière de charbon et aux toiles d'araignée.

Quand nous entrâmes dans l'école, à l'heure habituelle, il y avait déjà du chambardement dans la maison. À lui seul, Lobe donnait une formidable impression de travail intensif. À vrai dire, il ne faisait pas grand-chose : il fouillait et refouillait avec cette manie qu'il avait de vouloir toujours découvrir des tas et des tas de merveilles oubliées dans les coins où l'on ne pénètre que rarement. Il était à son aise. L'escalier était blanc de poussière. Lobe avait ouvert un réduit percé dans le mur du dernier étage et la poussière accumulée depuis des années dans ce trou que personne n'explorait s'était répandue partout. L'air était empesté de poussière. Il avait dû arriver ce matin-là bien avant le jour. On l'entendait glapir et jurer

dans les profondeurs ou les hauteurs du bâtiment : on ne savait pas au juste d'où venait sa
voix. Ça résonnait de tous les côtés. Loucheur
n'était pas encore là. Au lieu d'entamer des
jeux, comme nous le faisions ordinairement depuis le départ de Delbos, nous nous approchâ-
mes doucement de la porte du sous-sol qui était
ouverte. En bas, tout au fond, derrière les ténè-
bres, nous aperçûmes sept grandes bougies et
l'ombre de Lobe qui s'agitait sur le mur. Cela
nous fit impression. Debrer pariait avec Meunier de descendre l'escalier du sous-sol, sans
bruit, de souffler les bougies et de flanquer un
coup de pied à Lobe dans la complète obscurité. Schborn s'interposa.

— Reste peinard.

Debrer obtempéra. D'en bas montait la toux
du directeur, qui, du matin au soir, ne quittait
pas la cigarette de sa bouche. Une toux épaisse,
grasse. Et puis des : « Bon Dieu ! Han ! Saloperie ! »

Loucheur arriva sur ces entrefaites et siffla
pour nous rassembler. Nous désertâmes bien à
regret notre poste d'observation et, pour la
première fois de notre vie, nous obéîmes à un
ordre qui nous déplaisait. Schborn que cette
contrainte énervait râla quand même un peu
pour la forme.

— Ça va, on arrive !

Puis, il se tourna vers moi qui me traînais en
queue de notre défilé.

— C'est quand même pas une terreur, le dirlo, non ?

Sa seule présence pourtant nous en imposait. Loucheur ne cachait pas sa satisfaction d'être enfin protégé par un supérieur dont il n'avait pas peur. Il devait à peine croire à sa chance.

Vers les dix heures, peu avant la récréation du matin, Loucheur s'entendit appeler depuis les escaliers. Abandonnant tout sur place, il bondit dans le couloir. Lobe avait déniché dans le sous-sol de lourdes caisses contenant de faux bronzes et des plâtres. Les caisses pesaient au moins cent kilos chacune. Nous passâmes le temps de la récréation à les décharger et à monter des statuettes dans le bureau directorial. On était plutôt heureux de cette diversion. Ça gazait dans les escadrins. Quatre à quatre nous grimpions. Et pour descendre, tout le monde sur la rampe. Avec des rires, des cris, du plaisir. On galopait, on glissait, on rebondissait. C'était de l'animation, de l'imprévu. Lobe nous paraissait un bon type. Il ouvrait les caisses de son bras unique. D'un seul coup. Flac ! De sa poigne de chevillard. Il était en bras de chemise. Sa manche vide tenue à hauteur de son moignon par une grosse épingle de nourrice. Repliée sur l'épaule. Il était amputé plus haut que le coude. Son mégot fumait, lui grillant l'œil malgré le monocle qu'il n'avait pas abandonné pour travailler. (Je ne le lui vis d'ailleurs jamais enlever.) Son front qui recevait toute la

163

lumière des bougies brillait curieusement et, sur son front, cette large cicatrice rouge qui faisait mine de vouloir éclater et répandre le sang qui la rougissait. C'est le meilleur portrait que j'en puisse donner. Il était vraiment lui-même dans le travail, dans l'effort ou dans la bagarre. Dans la minute où il faisait appel à tous ses muscles, à sa violence, et Dieu sait s'il avait du muscle et de la violence. Certains jours Lobe se transformait, devenait plus élégant, plus raffiné, mais il retrouvait sa véritable personnalité dans le coup de force.

Debrer qui s'était lancé trop fort sur la rampe de l'escalier débaroula un demi-étage. Cela fit un bruit de tonnerre. Schborn, Loucheur, Lobe et moi étions dans le sous-sol. Le bruit de la chute nous arrêta instantanément de travailler. Loucheur avait déjà fait un pas vers la montée pour aller voir. Lobe ne se redressa même pas. Il dit placidement :

— En voilà un qui se casse la gueule.

Ce calme frappa beaucoup Schborn qui me souffla :

— C'est un mec !

Debrer descendit dans le sous-sol avec une superbe bosse à la tempe. Il se tenait la tête à deux mains, mais il ne pleurait pas. Il venait chercher les statuettes. Lobe le regarda.

— C'est toi qui t'es démoli ?

— Oui, m'sieur.

— Ça t'fait mal ?

— J'ai l'habitude, m'sieur.

Alors, il y eut sur nous cette chose indescriptible et magnifique qu'était le regard de Lobe. Il nous regarda Schborn et moi, et tous les autres qui étaient venus. Un regard étonnant, des yeux de bête douce. Il alluma une cigarette et donna un léger coup de poing sur la tête de Debrer.

— Sacrés mômes, va ! C'est une bonne habitude, les coups !

Et il se remit au boulot avec sa poigne de chevillard et les couvercles sautaient autour de lui par petits morceaux.

Loucheur tenait une bougie à la main.

L'après-midi du même jour, on nous réquisitionna pour le grand nettoyage de la baraque. On nous avait distribué des balais, des chiffons pour la poussière. La perspective de couper tout le restant du jour au cours de Loucheur nous enthousiasmait. Nous trouvions Lobe sympathique, mais nous ne savions pas faire le ménage. Nos balais en main, nous traînions la poussière, les agglutinements de poussière, d'un bout à l'autre du bureau de Lobe, dont on nous avait confié le décapage. Nous nous renvoyions les boules légères que forment le temps et la saleté sous les meubles et dans les recoins des pièces. Il y en avait. Nous ne savions pas nous y prendre et cela nous énervait de voir que ce travail, d'apparence si simple, nous surmontait.

Lobe entra dans le bureau et nous considéra, le mégot pendant à la lèvre. Un moment il nous regarda faire, sans rien dire. Puis il haussa les épaules, s'assit sur un coin de table, et nous parla.

— Vous le faites exprès ?

Nous ne répondîmes pas.

— Vous le faites exprès ou vous ne savez pas balayer ?

Silence.

— Quand je pose une question, il faut me répondre.

Schborn se cabra. Je fixai Lobe au plein des yeux comme avec Delbos.

— Si vous ne savez pas balayer, dites-le-moi, mais ne vous obstinez pas, sans quoi ça n'ira pas avec moi.

Cela déclencha la parole chez Schborn.

— Non, je sais pas balayer.

C'était dit rageusement ; un défi. À présent, il attendait la réponse de Lobe. Celui-ci ralluma son mégot.

— Et puis les autres non plus ne savent pas balayer, dit Schborn. Et après ?

Lobe s'approcha de lui.

— Après ? Rien. Il fallait me dire ça tout de suite quand je t'ai demandé. On ne balaie donc jamais chez vous ?

Je haussai les épaules.

— Chez nous, c'est la merde, dis-je.

— Je sais d'où vous venez.

— J'ai pas honte, dit Schborn, toujours hautain.

— Moi non plus, je n'ai pas honte et je viens de plus bas que ça, répondit Lobe.

Nous ne nous attendions certes pas à une réponse de ce genre. Nous nous regardâmes entre nous.

— Ça vous surprend ? Que vous croyez-vous donc ? Des exceptions ? Vous n'êtes ni plus ni moins que des gosses ordinaires, comme tous les gosses. Vous avez poussé où le hasard vous a placés, un point c'est tout. Il ne faut pas vous en targuer ! Vous n'êtes jamais morts de faim que je sache, non ? Alors de quoi vous plaignez-vous ? Ne cherchez donc pas à vous distinguer continuellement. Vous êtes pareils à tous les gamins de votre âge et j'ai l'habitude des gamins de votre âge.

Homme exceptionnel. Cher vieux Lobe. Quels efforts n'as-tu pas faits pour nous persuader que la communauté nous attendait et qu'elle ne ferait pas de discrimination pour nous. Immédiatement tu t'es efforcé de nous mettre au diapason normal. Tu voulais renverser cette barrière qui nous empêchait de comprendre les autres. C'était, hélas ! toute une éducation à refaire et le temps n'allait pas suffire. Non, bien sûr, on ne mourait pas de faim chez nous, tout au moins littéralement, mais nous avions déjà enduré la faim, souvent. Tu auras quand même été le seul à deviner nos secrets.

— Qui est le chef parmi vous ?

— Moi.

— Ton nom ?

— Schborn. J'ai un lieutenant, c'est lui.

— Ton nom ?

— Calaferte.

— Et lui, qui est-ce ?

— Je m'appelle Lubresco.

— Russe ?

— Roumain.

— Tu as une tête de Russe. Les yeux surtout.

— Ma mère c'était une Russe.

— Morte ?

— Il y a longtemps.

— Schborn ?

— Oui, m'sieur.

— Tu vas m'aider à mener toute cette bande d'énergumènes, hein ? Entre chefs on s'entend, je pense ?

— Oui, m'sieur. Mais moi je suis toujours le chef de la bande.

Lobe rigola. J'étais jaloux parce qu'il n'avait pas paru prêter attention à moi. Il renvoya Schborn et Lubresco et me garda.

— Tu m'as dit que tu t'appelais ?

— Calaferte.

— Tu es italien ?

— Oui, m'sieur. Italien.

— M. Glosse m'a parlé de toi. Tu es, paraît-il, le seul qui travaille ici. C'est bien. C'est bien ça. Tu aimes les cours ?

— Non.

— Pourquoi non ?

— On s'y emmerde.

— Tu fais exprès de parler grossièrement ?

— Je dis toujours comme ça. Chez nous on dit comme ça.

— Je voulais savoir si tu le faisais exprès. Ça ne fait rien. (Ces leçons subtiles qu'il nous infligeait.) Si tu travailles, tu passeras le certificat.

— Je m'en fous.

— Alors pourquoi travailles-tu ?

— Je travaille pas, je comprends tout ce que dit Loucheur.

— Loucheur c'est M. Glosse ?

— Oui. Tout ce qu'il dit, je le comprends.

— Dis-moi, Schborn c'est un type bien ?

— C'est mon pote. On s'quitte pas. Quand on foutra le camp de la zone on foutra le camp ensemble.

— Vous voulez partir ?

— Après l'école, oui.

— Pourquoi pas tout de suite ?

— Delbos nous avait prévenus. Si on s'barrait de l'école, les matons nous repiqueraient et ce serait la taule.

— Vous ne l'aimiez pas Delbos, hein ?

— Non m'sieur.

— Moi j'aime beaucoup les petits de votre

calibre. Ça me plaît de vous avoir sous ma coupe. On va s'entendre à merveille.

— On verra. Nous on veut pas ramper.

— C'est dit. On ne rampera pas. Ni vous ni moi. (Il riait.)

Il me tapota la tête.

— Allez, va dire aux autres qu'il y a assez de balayage de fait. Vous jouerez dans la cour.

— Vrai, M'sieur ?

— C'est dit !

Par jeu il adopta aussitôt notre langage. Ce langage de l'enfance effrontée et sauvage, pour certains si choquant à admettre. Si riche et si délicat pourtant.

Toutes nos journées allaient être comme celle-ci, entrecoupées de menus travaux, de ré-créations ; et le travail scolaire n'en allait pas plus mal pour cela. Une majorité des gosses de chez nous était absolument incapable de comprendre le premier mot des livres. Lobe l'avait admis très aisément. Il accordait peu de son temps à compulser nos notes. Il s'occupait pres-que uniquement de faire de nous des hommes au lieu de voyous. C'était bien le seul travail utile. Il y parvint en partie. Les indomptables que nous étions le jour de son arrivée avaient viré de bord. Nous étions, lorsque nous quittâ-mes l'école, des garçons à peu près passables qui pouvaient, avec l'appui de la volonté, af-fronter l'existence sans systématiquement deve-nir pour cela des repris de justice. Lobe avait fait ce qu'il avait pu et, sans lui pour nous plomber la tête, je me demande sérieusement ce que, dans l'ensemble, nous serions devenus.

En fin de compte, je traînais aux basques de Lobe et de sa putain Dorothée.

C'était le bistrot où Lobe me payait la choucroute garnie — je n'en avais jamais mangé —, le bistrot où un orchestre de trois musiciens faisait tourner des couples excités sur une piste étroite et ovale. Certains soirs, le cinéma où Lobe mettait tant et tant de fureur à peloter par-dessous ses jupes sa Dorothée, que j'en manquais la moitié du film. Pour permettre à son amant de la bien caresser elle écartait les jambes, sa cuisse ainsi collée contre la mienne, que j'avais bien garde de retirer. Je ressentais intensément les influences sexuelles. Je percevais le plaisir de Dorothée et le désir ardent de Lobe. Cela me faisait battre les artères.

Lobe se donnait la peine de me raccompagner jusqu'à la limite de la zone. Il me serrait la main. Il me tendait cette main gauche à plat, bien ouverte, et la Dorothée secouait tout son parfum dans le mouvement qu'elle faisait pour m'embrasser. Tous deux demeuraient à leur place aussi longtemps qu'ils m'apercevaient encore. Je leur faisais un signe du bras et je rentrais chez moi où tout dormait.

Ces sorties avec Lobe durèrent jusqu'à mon départ de la zone, après le certificat d'études. Lobe avait fini par bien me connaître. Quand

Dorothée ne l'accompagnait pas, il m'emmenait coucher chez lui. Un appartement submergé de livres. Devant ce déluge de volumes, j'ai eu la révélation de ce que devrait être un livre, de ce que devrait être la lecture. C'est lui qui me prêta le premier livre extra-scolaire : *Réfutation de la Bible*, écrite par un prêtre défroqué. Lobe jugeait ce livre fondamental.

Schborn m'en voulait un peu d'être le favori du directeur. Son orgueil ne lui permettait pas de m'en faire la remarque, mais cela se devinait. Cette infime brèche demeura entre nous jusqu'au soir de juillet où je déchirai en morceaux le certificat. Après la bagarre qui nous opposa, tout devint plus clair, plus sain et nous n'avons jamais reparlé de cette pointe de jalousie. Au regard de Lobe, Schborn manquait de cette vivacité d'esprit et de cette maturité qu'il aimait beaucoup chez moi. Malgré son bon sens, sa perception des choses, sa malignité et son goût des idées abstraites, Schborn manquait de véritable logique. Il était un intuitif. Le poète. Celui qui fait et défait le monde pour le refaire mieux encore. Plus tard, dans la ville, une fois installés ensemble dans une chambre effroyable d'inconfort et d'insalubrité — ça ne changeait pas —, je découvris ce qu'était mon camarade. Un étonnant bonhomme. Du courage plein le cœur. De l'amour plein le cœur. De cet amour insatisfait dont nul sur la zone ne faisait cas. Sous ses dehors cruels, Schborn se révéla à moi éperdument pur, tendu vers la vie et l'amour qu'il ignorait. La dernière phrase de ce livre, une phrase d'amour, est écrite pour lui et pour une femme dont je n'aurai pas parlé. Elle seule saura. Elle et moi. Et moi seul l'ai aimée. N'est-ce pas G... Si les destins pouvaient s'entendre. Si tu savais. Si tu avais su !...

À la fin de cette première semaine où Lobe, tout d'un bloc, s'imposa à nous, il se mêla à nos jeux. Nous ne savions pas jouer comme des enfants. Il nous fallait de vraies batailles. Il fallait que nous nous déchirions, qu'il y eût des cris de douleur et des larmes. Lobe ne s'insurgea pas une seconde contre ce déchaînement naturel de nos tempéraments. Il fit mieux : il y participa.

Au début nous n'osions pas le cogner. Nous nous souvenions trop bien des pièges sournois de Delbos. Taper sur un directeur, ça valait au moins une peine à vie. Nous n'osions pas.

— C'est ce que vous appelez vous battre ? nous criait-il. Alors, ça se veut durs et ça ne sait même pas flanquer un coup de poing ?

Schborn le regardait. Droit dans les yeux. En essayant de découvrir derrière le monocle les intentions secrètes de cet homme. Lobe s'amusait à nous charger. Schborn ne reculait pas trop vite, mais évitait de taper au visage. J'en faisais autant. Loucheur voyait cela de loin, du bout de la cour.

— Venez avec nous, monsieur Glosse, criait Lobe.

— Je n'y tiens pas, monsieur le Directeur !

Lobe riait. Dans l'action, ses tics s'accentuaient. Il nous exhortait, avec de grands gestes.

— Alors, vous vous décidez, oui ou non ?

Ce fut Debrer qui se décida. Un coup fort bien placé sur la joue du directeur. Celui-ci fronça le sourcil pour maintenir le monocle qui menaçait de fuir.

— Bravo, gamin, cria-t-il.

Alors nous nous jetâmes sur lui. Nous tapions, nous nous amusions comme jamais. Et de loin, du bout de la cour, Loucheur, M. Glosse, atteint dans sa dignité professionnelle, voulait modérer de la voix ce combat furieux. De sa voix de pauvret.

— Pas si fort ! Pas si fort !

Nous ne l'écoutions pas. Nous y mettions toute l'ardeur dont nous étions capables. Rien ne pouvait plus nous retenir. Nous étions soulevés. Lobe tapait dru. Ceux qu'il atteignait boulaient à terre et ne se relevaient qu'après un temps. Schborn et moi, qui attaquions le plus, dégustions le plus, mais nous savions « encaisser ». Cette résistance, cette volonté de résister plaisait à Lobe. Il aimait ce qui était dur, viril. Loucheur continuait ses recommandations.

— Attention... Doucement... Doucement, je vous prie. Prenez garde à M. le Directeur.

Soudain une voix tonitruante coupa court à cet affolement.

— Foutez-nous la paix ! monsieur Glosse, hurla Lobe.

Et Loucheur quitta ses lunettes pour les essuyer avec son mouchoir.

XI

Il y eut chaque soir ou presque, de longues promenades qui étaient pour moi comme un grand repos, une fuite permise au-delà des limites qui jusqu'alors m'avaient enserré. Lobe et moi, ainsi que deux hommes amis, la douceur de l'amitié nous liant déjà, nous partions à travers la ville, à travers les nuits scintillantes de la ville, parcourant sans nous presser les rues peu à peu désertées, habitées seulement par les clochards tassés sous les portes cochères des immeubles. Dans les recoins des magasins : tassés, bourrés tels des animaux, les uns contre les autres dans le froid des nuits de l'hiver. Nous allions, lui et moi. Lourds, lui et moi, de cette grande tristesse de la nuit des villes, de cette magique et haute poésie de la nuit des villes. Les clochards étaient là, toujours les mêmes, nuit après nuit, que nous reconnaissions au passage. Là, dans les bras les uns des autres, étouffant à pleine étreinte la peine de leurs destins déroutés. Nous les regardions. Nous

176

nous arrêtions pour les regarder. Nuit après nuit. Et c'était beau. C'était fantastiquement beau. Ces tas humains, ces boules de chair humaine, ces corps pelotonnés sur eux-mêmes tout au long des nuits glaciales de l'hiver. Sait-on la beauté qu'il y a dans ce laisser-aller animal ? Hommes déchus, anges terribles, croûteux, sales, malades, ivrognes, fainéants, répugnants, indifférents, étrangers, faisant confiance au monde. À la bonté du monde, à celle des passants de la nuit. À moins que la confiance n'eût quitté leur âme et que cet abandon ne fût qu'une lassitude de bête trompée. Je ne sais. On ne peut savoir ces choses. On ne peut apprendre nulle part ces choses-là. Qui pourrait se lever et dire de quoi est fait l'abandon total de ces hommes, de ces femmes, de ces enfants — des enfants couchés sous les porches, dans les nuits mordantes de l'hiver ? Qui saurait parler de cela sans se tromper jamais ?

Nous allions.

Il y avait des rues et des rues enfoncées dans l'ombre. Perdues et retrouvées. Les rues fantômes de la nuit. Il y avait les derniers bistrots qui fermaient et leurs portes et leurs lumières. Et ceux qui attendaient l'aube pour fermer leurs lumières et leurs portes. Nous marchions et le froid nous battait la tête. Lobe mâchait un mégot. Un mégot pour la nuit. Un mégot jauni par le tabac mouillé de salive, qu'il ne jetait qu'au matin, quand nous nous en revenions. Au matin, lorsque les tics lui composaient un visage torturé, les traits déformés par le sommeil, les yeux remplis de toutes les images de la nuit. De toute la grande et forte poésie de la nuit. Au petit jour, il jetait son mégot plein de salive, et nous entrions pour déjeuner dans une brasserie dont il connaissait le patron, Concoronni, un Italien à figure maigre, étroite et jaune, à chevelure extraordinairement blanche. Concoronni, aux gestes d'une langueur exquise, presque féminine, et qui chantait doucement derrière sa caisse, et qui souriait doucement aux femmes derrière sa caisse de marbre, et qui saluait gracieusement de la tête derrière sa caisse brillante de propreté et qui jouait délicatement, d'un air un peu absent, avec le brillant de sa bague en or, derrière sa caisse reluisante. Concoronni qui, derrière sa caisse de marbre impeccable, se fit sauter la cervelle, un soir, à l'heure d'affluence. Éclater la tête avec une langueur exquise.

Nous prenions notre petit déjeuner, café et croissants. Lobe échangeait quelques mots avec Concoronni, aimable et doux, cravaté, élégant. Je sentais alors le sommeil m'envahir progressivement. Me monter aux yeux. M'écraser la cervelle. Me basculer la tête. Je dormais debout. Je baissais mes paupières et je dormais, ma tasse de café en main. J'entendais Lobe et Concoronni discuter politique ou se raconter des souvenirs de la guerre. J'écoutais et je dormais. Je sentais les gens me frôler. J'enregistrais tous les bruits de la salle. Le rire des putains qui se retrouvaient là chaque matin, les éclats de voix de quelques ivrognes, la voix des serveurs qui commandaient la gratinée et les escargots. J'entendais la vie et je m'éteignais lentement. Je dormais debout, mais rien ne m'échappait de ce qui se passait autour de moi. C'était délicieux. Jamais depuis je n'ai pu retrouver cette sensation de mort partielle. Une espèce de plongée dans un univers bizarre où la vie réelle se mêlait sans heurt aux grisailles du sommeil.

Tôt, j'ai connu le monde de la nuit. J'étais, je suis destiné à la nuit. Je garde l'impression de ne pas exister pleinement pendant le jour, et la nuit m'est favorable. Le soir venu, pour moi la vie commence. Lobe était de cette race de nocturnes. La nuit tombée, son comportement changeait, sa voix devenait autre. Il est des êtres qui ne savent pas se mettre au diapason de la nuit. La nuit ne se livre pas d'elle-même. Il faut la pénétrer, la décortiquer, la violer. Il faut lui arracher les lambeaux qui la recouvrent. À l'heure où les hommes s'endorment, une seconde catégorie d'hommes se montre à nu. La nuit depuis longtemps les a façonnés à sa manière qui est brutale. Les a pétris, faits et refaits. Je suis de ceux-là. Je suis de ceux qui ne peuvent dormir tant que vit la nuit. Mes souvenirs et mes désirs les plus profonds reviennent. Affluent. Je veille, les yeux ouverts sur la nuit qui s'accroche au ciel. J'éprouve la pénible et agréable sensation — la lâche sensation, comme au moment de l'anesthésie — de me dédoubler. Je me fixe au cœur de la nuit.

Au printemps, nous descendions, Lobe et moi, sur les rives du fleuve, vers quatre heures du matin. Sur les rives du fleuve, nous allions attendre le jour. Lobe et moi, assis au bord de l'eau calme et chantante, assis tous deux au bord de cette odeur forte de l'eau, de cette odeur verte, tout près de cette mort coulante. Lobe et moi, à attendre, seuls. On eût dit les deux derniers vivants de la terre, un homme et un enfant, espérant que le jour se montrerait encore derrière cet horizon fait de ponts, d'églises et de hautes bâtisses. Qu'il grignoterait doucement, une fois encore, pour nous, les derniers survivants du monde, qu'il rongerait doucement le ciel, que la lune plate et ronde s'effacerait, une fois encore.

Lobe jetait dans l'eau son mégot tout mouillé. (Il fait presque froid. Les matins de printemps sont froids. Froids et tendres.) Il allumait une cigarette. Au-dessus de nous, et dans notre dos, les premières voitures passaient. C'était aussi l'heure des premiers appels, des premières voix humaines après le sommeil. Les hommes se levaient. Ils étaient debout. Mal lavés, mal éveillés, frileux, grognons, débraillés, mais debout pour reprendre le rythme. Les premières agitations résonnaient longtemps, glissaient avec le courant de l'eau clapoteuse, suivaient les lents méandres du fleuve, filtraient de derrière les volets fermés, jusqu'au ciel indécis, jusqu'à la lune plate et blanche. Dans ces minutes qui précèdent le lever du jour, l'explosion de la grande lumière du jour, la vie paraît simple, unie. Le bruit est sans ampleur, sans densité. C'est une longue et pénétrante caresse qui s'étale à l'infini et l'on croit que les continents se touchent, que les hommes dorment les uns contre les autres, milliards de clochards au cœur tranquille, confiants et bons.

Je penchais un peu ma tête. Ma tête lourde. Je posais ma tête contre le bras de Lobe, contre la manche vide, sur le moignon de Lobe.

— Tu as sommeil ? demandait Lobe d'une voix basse, douceâtre.

— Non, m'sieur Lobe. J'attends le jour.

— Personne n'attend plus le jour à notre époque. Personne sauf les malades. Personne sauf ceux qui veulent gagner un jour de vie, et les enfants qui ont peur.

— Nous, on attend le jour, m'sieur Lobe.

— Nous oui... Oui petit : nous.

Il se baissait vers moi, m'embrassait sur le front. Ça piquait, c'était humide et doux. Une grosse peine enflait en moi. Un chagrin aux raisons obscures, aux racines ancestrales, qui n'osait éclater.

Dans le vide de la pénombre, entre ciel et terre, se greffaient des chants d'oiseaux. Il y avait des ailes froissées, des frôlements mystérieux, des passages fugaces de fantômes minces et inconnus. C'était comme de la soie, dans le vide, entre ciel et terre. De la soie fragile qui se déchirait par endroits. L'eau s'en allait sous nos jambes. Elle claquait de la langue en passant. Elle portait en courant mille chansons venues d'ailleurs, mille chansons et mille larmes.

Lobe me prenait la main.

— Regarde.

Une traînée bleue, bleue et rose et jaune, une traînée pâle se frottait à la nuit. Cela restait ainsi durant quelques secondes. Puis, tout autour de la traînée, le ciel s'élargissait. Des fêlures, des brisures dorées et sanglantes s'inscrivaient depuis l'horizon des églises de la ville jusqu'au ventre de la nuit. Une large blessure dorée, effrangée, palpitante, s'ouvrait dans l'espace.

— Regarde, petit !

Un éventail se déployait au-dessus de nous. Je comptais les couleurs. Cela frémissait. Un éclat brusque, frappant, marquait d'un cercle gigantesque le lointain. C'était la nuit vue à travers un filtre incandescent. Un rai scintillant s'élançait de la terre et se perdait dans le vide. J'ouvrais les yeux. Mes jambes étaient glacées. Je respirais l'odeur de l'eau et l'odeur du tabac que le vent rabattait sur moi. Il emprisonnait ma main. Sa main tremblait.

— Regarde, petit.

Au bout de notre regard, la paroi du ciel recevait un formidable coup de poing rouge et or. Nous avions devant nous le soleil atroce de richesse, cette plaque de cuivre débordante de lumière luxueuse, effrayante de puissance, pétillante, étonnamment divine.

— Nous sommes des hommes, petit. N'oublie jamais cela : nous sommes des hommes !

Nous nous levions, suivis par la graduelle métamorphose du jour, et nous longions les quais, poursuivis par les interminables modulations du jour, roses, bleues, or, sang, vertes, noires, argent, pailletées, miroitantes, terribles, apaisantes. Les crescendos du jour de la vie des hommes.

— Quand tu sauras ce que cela veut dire « être un homme », tu seras honteux et fou d'orgueil. C'est fait de sang et de peau, et cela suffit. Viens, petit...

Il me prenait sous son bras. Nous avancions dans la paix tranquille du jour nouveau. Muets, corps à corps, comme deux hommes.

Au printemps, sur les rives du fleuve, au bord de l'eau calme et chantante.

De l'autre côté du remblai, en bordure du terrain vague les maisons ouvrières se secouaient. Aux fenêtres on voyait des femmes en cheveux, la poitrine grasse, agiter des chiffons, des balais, des semblants de tapis. On entendait les premiers cris d'enfants. Le ciel se colorait derrière les maisons. Des chevaux passaient à un pas rapide, traînant des chars de glace. Un peu plus bas que les premières habitations, nous nous arrêtions.

Tapie à l'autre extrémité, ma rue roupillait ferme. Lobe me fermait la main sur un peu d'argent. Je disais : « Merci, m'sieur Lobe », et quelque chose venu de ma poitrine m'emprisonnait la gorge : la rage d'être un zonard, de compter parmi les déchets, les sous-hommes.

XII

Dans notre rue, nos femmes ne désemplissaient leur matrice que pour la remplir à nouveau. À peine le temps de déposer une boule
de chair molle, qu'un autre fœtus était en
train. C'était un défilé continuel de ventres engrossés, dans cette rue unique, tracée d'un
point à un autre du ghetto. Des ventres et des
ventres. En germe. Remplis. Massifs. Des ventres et des ventres. Portant la vie sans s'en
préoccuper.

Ma mère m'a promené neuf mois durant,
son ventre en plein air, de bas en haut de la
rue, jusque chez le père Lédernacht y dénicher
une layette pouilleuse, jusque chez Wieckevitz
qui pratiquait sérieusement le toucher vaginal
et donnait des conseils aux femmes enceintes.
Neuf mois, neuf lunes pleines, en passant par
chez Feld pour y absorber une bière spéciale,
une bière épaisse, lourde et mousseuse, favori-
sant les montées de lait.

Dès que j'ai la fièvre, le cauchemar s'élabore

lentement. Je refais une plongée dans le ventre de ma mère. Je m'y sens ballotté au rythme du pas maternel. J'en ai mal au cœur. Cette femme m'a cent fois maudit m'enserrant dans ses entrailles, car j'avais l'audace de résister, volontairement, aux tisanes d'herbes de la rue et aux manigances d'avortement. Mon frère Lucien fit mieux : il ne céda pas au fil de laiton destiné à le tuer dans l'œuf. Il se contenta de naître idiot.

Les voisins et les voisines m'accouchèrent dans notre cabane, rougeaud, les yeux collés, pas beau à voir et hurlant de tous mes poumons d'enfançon, sur le lit dégoulinant de sang. Ils m'humectèrent la langue d'alcool pur pour me donner des forces, et ceci n'était pas une vaine précaution : des forces, il en fallait.

Par les après-midi de grosses chaleurs, les femmes enceintes s'asseyaient par terre dans le terrain vague, les jupes relevées, leurs ventres proéminents exposés au soleil. Elles tenaient leurs cuisses bien écartées et nous qui allions les voir apercevions le trou rosé, capitonné de poils de toutes couleurs. Cela ne gênait personne. C'était la coutume de l'été. Elles péroraient ensemble, ne s'écoutant pas parler, riant par à-coups, mesurant leurs ventres, les palpant des deux mains, notant les tressaillements du fœtus, se caressant du bout des doigts le bord du sexe et, en face d'elles, les hommes bandaient. Il n'y avait pas moins de sept à dix ventres pleins chaque été, étalés, offerts à la nature réchauffante. Les rayons et les ombres jouaient sur eux. Les gosses ouvraient de grands yeux. De temps à autre, prises d'une soudaine pudeur, les femmes nous semonçaient durement, et nous faisions semblant d'aller jouer plus loin. Mais ce bataillon de sexes féminins, ouverts à la curiosité, nous émouvait. Nous revenions insensiblement nous ranger près des hommes et voir. Albadi se pognait vigoureusement dans sa culotte. Les hommes riaient de le voir faire. Les petites filles apportaient à boire de chez Feld. Des dizaines de bouteilles. La chaleur assommait plus sûrement que la boisson. Les femmes se gavaient de bière, les hommes se faisaient passer entre eux les litres de vin et buvaient au goulot. Ils se retournaient de temps à autre pour rejeter derrière eux. Les chiens à l'affût de tout venaient renifler les vomissures et les lapaient. Nous restions des journées complètes à ne rien faire, à nous dorer au soleil, pendant l'été. Au loin la ville déserte était calme. On n'entendait plus le ronronnement habituel de la circulation et du travail des usines. C'était une vie au ralenti délicieusement agréable. Quand le soir tombait, en douceur, avec mille et mille précautions dans son coucher, s'obstinant à durer encore un peu, l'horizon mouchant lentement la boule rouge, le ciel se maquillant de minuscules nuages de chaleur joliment colorés, des couples se formaient, s'étreignaient, alourdis de chaleur, de boisson, de tous les désirs retenus de la journée, et s'en allaient, deux par deux, en direction de la voie de garage des chemins de fer où se trouvaient toujours quelques wagons propices. La plupart d'entre nous avaient été conçus sur cette voie abandonnée, dans de vieux wagons inutilisables, rouillés, démantibulés, qui servaient aux rendez-vous nocturnes et quelquefois aux discussions sérieuses. On en avait aménagé quelques-uns, la paille répandue en quantité sur le plancher, de vieux matelas défoncés, alignés les uns près des autres. Les couples, deux ou trois par wagon, s'en donnaient à cœur joie. Les femelles gémissantes, épanouies de plaisir, les mâles haletants, féroces, jouisseurs. Pas une fille de chez nous qui ne se soit allongée dans ces wagons. S'ils étaient tous occupés, les soirs de grande luxure, nous allions nous rouler, garçons et filles, sur le tas de coke qui se dressait comme une montagne noire près des rails. Les filles gueulaient, nues sous la morsure des boules de charbon. Nous n'y mettions que plus d'ardeur. Elles se relevaient, le dos zébré, contusionnées et sales. J'ai fait l'amour pour la première fois sur ce massif tas de coke, du côté des gazomètres, qui était le plus recherché, les couples se trouvant pleinement à l'abri de toute indiscrétion. Aussitôt que le temps se rangeait au beau fixe, le terrain vague, depuis l'usine à gaz jusqu'au tas de remblai, fourmillait de corps enlacés, et il fallait prendre garde à chaque pas. Les jeunes amoureux qui n'appartenaient pas à la zone proprement dite, mais habitaient en bordure, y venaient baiser au calme. C'était plein de chuchotements, de petits cris du ventre, de sons mats, de souffles rapides. C'était l'amour des bêtes. L'amour primitif enveloppé de nuit, de pauvreté, de saleté. L'amour dépouillé. L'essence de l'amour sexuel. Son aspect brutal, possesseur, égoïste, largement mis en évidence par cet obscur besoin que nous avions tous — et qui m'est resté — de nous avilir, de nous déprécier. Tard dans la nuit, pareils à des complices conscients d'un mauvais coup, d'une affaire louche, répréhensible, les couples rentraient au cœur du village, chacun chez soi, se séparant sans un serrement de main, sans un dernier baiser ou une caresse, sans se tenir corps contre corps comme le font tous les amoureux du monde ; mais au contraire, éloignés l'un de l'autre, oublieux, leurs désirs contentés, n'attachant aucun sens sentimental au souvenir proche. Ils s'en revenaient, indifférents, presque étrangers, s'ignorant, l'amour fini jusqu'au lendemain soir. S'étant volés mutuellement, chacun ne songeant qu'à soi au milieu des râles de la jouissance, ils redevenaient anonymes.

XIII

Les enfants subissaient très tôt l'exaltation sensuelle de cette atmosphère de dérèglement. Et nous éprouvions le besoin de nous y mêler, à notre façon.

Nous sommes quatre camarades, et le soir se roule dans le ciel. Le soleil étouffe dans son sang, mordu en plein ventre par la barre de l'horizon. C'est l'été. C'est toujours l'été dans ma mémoire parce que l'extrême chaleur s'accorde aux abus. Shelbann étire, replie, étire, replie, fait aller ses doigts de tueur aux ongles spatulés sur les touches rondes et blanches de son gros accordéon. Il joue *I am in the sky*, une rengaine à la mode. Lente, mélancolique, qui chatouille la tête. Le cervelet, par-derrière. Fait vibrer le cœur, le bringueballe en tous sens. *I am in the sky*. Nous sommes quatre, les pieds durement posés sur la terre et la chanson, langoureuse comme une voix de femme seule, nous pénètre la peau. C'est de la musique de miel. Elle colle à la peau, l'enduit, la ramollit. Ça vous démonte, un air comme ça. Malot souffle en mesure dans une clarinette à trois trous. Trois trous seulement. Ça rend une musique primitive, évocatrice de longs voyages nostalgiques, de pays inabordables, à l'autre extrémité du bout des choses. Ils sont là, accroupis, sales, du vomi sur les vêtements, les dents cariées, se grattant les dents de la pointe du couteau, accroupis, caressant distraitement avec deux doigts des seins ou le charnu des fesses à travers l'étoffe usagée des robes. Tous là, gobant de la musique sucrée, bouches ouvertes, oreilles tendues, cœurs à fleur de peau. Une dose de chimère musicale. Au refrain ils entonnent en chœur : la, la, la, la. Ils rient. C'est la saloperie partout. Un pou égaré, apeuré, fait les cent pas sur le revers du col de chemise de Lédernacht. Ils rient, chantent en chœur, émus. Shelbann a les yeux fermés. Il s'accompagne lui-même en fredonnant. C'est son air préféré. Après il jouera des chansons de marins. Jusqu'à la nuit complète, non sans avoir repris une ou deux fois encore : *I am in the sky.*

Nous sommes quatre camarades. Schborn, Julius Lédernacht, Lubresco et moi. Nous avons des yeux et des attitudes de loups affamés. Nous sommes affamés. Moins de pain que de vie. Quatre innocents de la création. Cruels, impitoyables, intraitables, petits hommes sanguinaires. Nous avons douze ou quatorze ans. Nous sommes forts. Inflexibles dans nos envies.

Nous savons de bonne source, par expérience, que le plus fort gagne à tous les jeux. Là-bas, Totor Roméo est sur sa porte. Il viendrait volontiers se mêler à nous, mais il n'ose pas. Seuls les invisibles ou les féroces accaparent la nuit. Blaise est là, lui. Il oublie jusqu'au son de la douleur et de la torture. Sa pauvre tête fêlée est sans souvenir d'un jour sur l'autre et qui sait, d'une heure sur l'autre. Ses larmes lavent tout mieux que le sang répandu. Il est là, accroupi à la droite du père Meunier qui s'amuse à le chavirer sur son cul d'un coup de coude dans l'épaule. Blaise ne s'en va pas. Il se remet sur ses pattes branlantes. Il s'accroupit. Il ne comprend pas. Il vit. Malgré tout, il vit. Il y a des meurtres qui seraient nécessaires. Debrer se tient un peu à l'écart et sur ses gardes, prêt à déguerpir à toutes pompes à la moindre velléité d'agression de notre part. Dans la pénombre qui prend consistance, sa bosse se dessine comme un fardeau fixé une fois pour toutes, rivé à sa chair, résidu de quelque monstre de légende de la préhistoire. Des wagons abandonnés sur la voie de garage nous parvient un long murmure assourdi, continu, autre musique, amalgame des gémissements, des efforts de cinq ou six couples acharnés à se soutirer du plaisir. Progressivement, l'obscurité ronge tout un pan de ciel, rapidement. Dans les derniers contre-jours nous ne distinguons bientôt plus que nos silhouettes. Les courants de la nuit nous apportent les infinis bruissements de la ville proche, agonisante, lasse de la journée. Les infinis bruissements de la ville qui s'étend pour dormir ou faire l'amour. La nuit c'est le meurtre et l'aventure. Dans la nuit, il n'y a rien d'autre à faire que l'amour ou l'assassin. Tout est permis. Les rêves les plus insensés. Les suppositions fantasques. La nuit fait rois les pauvres.

Au-delà du terrain, dans cette direction, passé les voûtes du pont, c'est la ville. Les maisons, les hommes, les fleuves qui ne reviennent pas en arrière, des villes et des villes, puis la mer quelque part, très loin, les algues, les cargaisons fabuleuses, les atlantides submergées, les carcasses d'acier mangées par des végétations sous-marines, les squales mangeurs d'hommes, les légions de noyés, puis la terre de nouveau, quelque part, très loin, et des villes et des maisons et des hommes, et le cercle se referme peut-être sur le long murmure assourdi de cinq ou six couples acharnés à se soutirer du plaisir, dans des wagons abandonnés sur une voie de garage du côté de Caracas ou de Vladivostok.

Nous sommes quatre camarades qui traînons Emmy vers le terrain. Emmy dans sa petite robe de cotonnade bleu et rouge. Nous marchons à grands pas. Lubresco couvre de sa main la bouche de la petite fille qui ne doit pas crier. Schborn marche seul, en avant de nous. Julius a un vilain sourire qui rend grossier le bas de son visage. Il se tient à côté de moi. Emmy essaie de se retourner mais Lubresco la pousse en avant. La lune sort des gazomètres comme une émanation surnaturelle. Nous approchons des rails. Schborn prend de l'avance sur notre groupe. Il donne un coup d'œil dans les wagons dont deux sont éclairés par des lampes tempête suspendues au toit. Il nous fait signe que les wagons sont occupés. Nous bifurquons en direction du tas de coke, à deux cents mètres de là. Nous franchissons des poutrelles de bois, nous butons sur des obstacles. Schborn crie : Nom de Dieu ! C'est Julius qui maintient Emmy à ma place. Il l'embrasse sur la joue. Avec un gros bruit. Elle rit tout haut. Bien franchement. Ça résonne un bout de temps dans la nuit. Elle nous regarde tous les quatre. Elle a peur, mais pas assez pour surmonter la folie qui nous tient, elle comme nous. Elle a peur, elle comprend, mais elle n'esquisse aucun geste de détresse. Elle ne tente rien pour s'esquiver vraiment. Elle a peur parce que c'est le rôle des femmes que d'avoir peur lorsque s'approche d'elles, pour la première fois, le désir de l'homme, qui s'apparente tellement à une brutalité meurtrière.

Là-bas, dans la rue, le gros Feltin chante de bon cœur le refrain doucereux de *I am in the sky*.

Les petites cuisses sans chair sont blanches.

Blanches sur le charbon. Julius, qui a déjà relevé la robe courte, les écarte d'une pression des poignets. Il sourit toujours. Lubresco interrroge Schborn du regard. Celui-ci détourne la tête. Il se penche sur Emmy pour lui tenir les bras et la tête. Il se met à genoux sur les morceaux de charbon et jure une nouvelle fois sous leur morsure ; Emmy respire à peine. Elle conserve les yeux grands ouverts. Je m'appuie de toutes mes forces sur sa poitrine. De tout mon poids. Je voudrais l'étouffer. Schborn ferme les yeux. On dirait qu'il ne peut plus supporter ce spectacle.

Emmy se plaint à Julius.

— Tu me fais mal !...

Julius ne lâche pas prise. Lubresco s'avance. Sa culotte en boule sur ses sandales. Il approche lentement. Il fixe Emmy dans les yeux. La petite fille sourit. Julius a une voix mauvaise, pressée :

— Allez !... Vas-y !...

Emmy crie. Pas fort. Un cri bref. Les jeunes bêtes qui ont mal sans comprendre tout à fait crient de cette façon. Dans le même ton. Plaintivement. Sans oser livrer entièrement l'acuité de leur douleur. Avec une retenue pudique et triste. Emmy crie et pleure. Lubresco se relève Julius dit : « Ça y est. »

Nous restons autour d'elle. Hypnotisés par le sang. Toute la faible clarté de la nuit se concentre sur cette tache liquide qui marque la peau

d'Emmy. Julius nous regarde et se sauve brusquement. Il enjambe les rails d'un bond et dis-
paraît à toutes jambes, sans se retourner, fou.
Lubresco s'assied à terre. Il sanglote. Schborn
aide Emmy à se mettre debout.

— J'ai mal, dit-elle. J'ai mal.

Puis elle ajoute deux mots tragiques :

— C'est ça ?

Elle geint. Schborn lui ordonne de se taire.
Il la renvoie d'une poussée dans le dos. Elle
suit les rails brillants, seule. Silhouette mai-
griotte. Seule le long des rails fixés là comme
pour lui indiquer sa route.

Et nous giflons à toute volée Lubresco qui ne
se défend pas.

Jamais je ne ressentais aussi clairement la solitude misérable, décevante de notre ghetto,
qu'après m'être séparé de Lobe, au retour
d'une nuit de promenade. Jamais je n'avais autant envie de disparaître, soudainement. J'aurais voulu immédiat le miracle de mourir sans
avoir eu un geste à faire. Avec Lobe, j'entre-
voyais la différence trop profonde qui mettait
un gouffre entre ma condition et les gens de
l'extérieur.

À l'aube, après qu'il m'eut laissé, tout à côté
du terrain vague, la colère et la douleur me venaient. Je descendais ma rue. Du haut en bas.
Ma rue pesante et endormie. Le magasin

Lédernacht était mort. Des ronflements s'échappaient de plusieurs cabanes. Je descendais ma rue, solitaire, tel un roi redouté que personne n'acclamerait sur son passage. Un Roi des Morts. La boue s'étalait sous mes pas. Un bruit mécanique venait des gazomètres. Ça puait. Une puanteur épaisse, flottante. Je rêvais d'un incendie destructeur. Ne plus appartenir à cette misère consentie, ne plus être obligé de revenir sur cette terre, sur la terre de Feld et de Lubitchs, la terre de l'incomparable petit Lédebaum. J'avais mal en moi. À cause de ce mal, un matin, en rentrant, après avoir reniflé mon village, et que la souffrance eut fait place à la folie, je tuai Scoppiato.

Scoppiato le chien.

Lui aussi devait venir du bout du monde. Scoppiato. Sur notre étendue, il y avait des clebs en quantité, mais Scoppiato n'était pas pareil aux autres. Il s'était installé sur la zone un après-midi de 14 juillet. Scoppiato était venu de l'éternité pour tomber parmi nous un après-midi de 14 juillet, dans la tourmente des têtes saoules, des rixes à couteaux ouverts, des braillements de femmes, et des chansons furieuses. Sur trois pattes il était venu, la quatrième tranchée à hauteur de la cuisse, pendante comme le moignon de Lobe. Arrivé chez nous avec ses yeux clairs embués de larmes. Avec ses oreilles cassées, traînantes, son corps noir de saleté, ses puces, sa queue longue, son museau déchiré sur le côté, ses flancs creusés et son collier de cordes tressées. Lui aussi, Scoppiato, était entré dans notre ronde et s'était saoulé de vomissures en même temps que les hommes. Il buvait le vin aussi bien que nous. Il aimait le vin. Il avait une gueule d'ivrogne. D'ivrogne béat, heureux, gentil, de cette catégorie qui fait sourire et à qui on pardonne, parce qu'ils ont l'air de ne s'être pas enivrés exprès. Sur trois pattes fluettes, il se trimbalait de droite et de gauche, il flairait la terre, les hommes, les détritus. Sur trois pattes, il recevait les coups de pied, les eaux sales, et jamais une caresse. Son petit corps osseux aux poils en broussaille, se déplaçait tant bien que mal sur ses trois pattes atrophiées. Contrairement aux autres chiens, Scoppiato avait le droit de rester dans nos parages, de chiper quelque nourriture, et la grosse Ida Unomelli lui donnait même parfois de l'eau propre. Il avait acquis droit de cité chez nous et nous étions habitués à le voir déambuler, le nez au sol à travers les baraques. De temps à autre, une curieuse folie le prenant, il venait se frotter aux jambes des hommes, chercher une caresse. Sous le coup de pied qu'on lui décochait, il ne gueulait pas. Il nous regardait tout droit dans les yeux. Il s'excusait. Il s'excusait de cette audace de chien, de cette inconséquence. Il avait oublié, un instant, qu'ici on ne distribuait pas de caresses. Alors, il s'excusait de tout son regard et s'en allait plus loin, sur trois pattes. Il se retournait pour voir si une pierre bien lancée ne le suivait pas. Sur trois pattes, Scoppiato usait sa vie, une immense lassitude dans les yeux.

Scoppiato en italien veut dire : crevé. Ida Unomelli l'avait baptisé. C'était bien un nom pour lui. Il avait tout de suite répondu. Pour les hommes et les chiens, il est un langage universel de la misère. Scoppiato ne pouvait pas s'appeler autrement. Il l'avait compris et il était sans doute reconnaissant à Ida Unomelli de l'avoir tout de même baptisé. Les autres chiens n'avaient pas de nom. Il en naissait trop à chaque saison. Encore plus que des enfants. Forcément. Et déjà, pour les enfants il était bien encombrant de leur donner un nom à chacun, puisque la famille Keith, des Allemands, appelait ses neuf enfants Hans. Du dernier-né au plus grand : Hans. Hans Keith. Alors pour les chiens...

Pour son baptême, on lui avait offert du vin dans un seau et il l'avait lapé goulûment et peu après titubant, glissant, se rattrapant, boulant, retrouvant à peine son équilibre, il avait plu à tout le monde. Et lorsque la mère Albadi s'était mise à pleurer de peine en voyant cette bête ivre que nous nous renvoyions, qu'elle s'était baissée pour le prendre dans ses bras et l'emmener, Scoppiato lui avait vomi dessus. Toujours avec son air humble et des excuses dans les yeux. Et comme elle l'avait gardé, malgré tout, entre ses bras, contre elle, Scoppiato, le plus doucement, le plus délicatement du monde, avait posé sa tête de crevé sur la main de la veuve italienne. Ça nous avait tout de même étonnés ce geste de confiance de la part d'un chien. On n'avait jamais vu ça.

En rond sur lui-même, son museau enfoui jusqu'aux yeux sous sa patte de derrière, Scoppiato, rassuré, dort.

Le matin rayonne sur tout le terrain vague. Il fait beau. Je m'arrête pour contempler Scoppiato qui dort. Il bouge nerveusement une oreille. Il grogne un peu. Il n'ouvre pas les yeux. Je suis face à lui, à attendre je ne sais quoi. Je ne saurais dire si j'ai envie de me pencher pour caresser cette bonne tête poilue ou de me coucher près de lui et dormir, ou de le prendre à la gorge et l'étrangler. Ça tourne dans mon crâne. La zone dort. Je pourrais mourir à cet endroit, sur place, sans que mon village s'en aperçoive. Je pense à Lobe qui doit retourner chez lui. Si j'osais, je courrais vers lui, je le rattraperais. Il m'embrasserait et demain encore nous irions voir le lever du jour. Dans notre baraque, mon père enroulé dans sa chemise sale doit dormir à côté de la garce. Mon frère Lucien doit gémir comme il fait en dormant. Je suis seul devant Scoppiato, et le crime prend place en moi. Le crime me saisit les mains. Je sais que Scoppiato va mourir et je m'étonne de le voir endormi. Une créature

200

qu'on va tuer ne doit pas dormir. Les condamnés ne dorment pas. Ils attendent la mort, debout dans la cellule. Scoppiato est indécent. Il doit se mettre debout sur ses trois pattes maigres et savoir qu'il va mourir. C'est important la mort. On doit en prendre conscience. Debout Scoppiato ! Allons Scoppiato ! Je l'appelle :

— Scoppiato !

Il lève la tête. Il se demande ce que j'attends de lui.

— Viens.

Il me suit. C'est le destin des chiens que de suivre. Nous descendons la rue. Il est sur mes talons. Je sens son souffle sur mes talons nus. C'est tiède. C'est vivant. Je me demande si ça saigne beaucoup un clebs. Sûrement pas autant que Wieckevitz. Scoppiato n'a sûrement pas autant de sang que Wieckevitz. Je n'ai jamais tué de chien. Il me dépasse. Il gambade presque. Il aboie une fois. Il s'arrête. Il me regarde. Il ne sait ce que j'attends de lui. Moi j'ai besoin de sa mort. Le crime m'enserre le cou, la nuque. La migraine. J'ai mal. J'ai sommeil. (Lobe qui rentre chez lui...)

— Scoppiato !

Il penche la tête de côté. Il m'interroge. Il a un reflet de joie au milieu des yeux. Ça brille. C'est joli. Je n'avais pas remarqué.

— Scoppiato ! Fous le camp !

Pour l'assommer il me faut du champ.

— Fous le camp ! Fous le camp, Scoppiato !

Il s'éloigne, le museau bas, l'œil de côté, les oreilles traînantes, la queue serrée sous son ventre. Moi je pleure. Ça vient malgré moi. C'est fort et brûlant dans le coin de mes yeux. Je vois Scoppiato s'en aller. Vers le terrain vague. Le soleil est tout neuf dans un ciel de tissu léger. Je dis tout bas, pour moi, deux fois, comme pour un être qu'on perd, qui casse net votre amour :

— Scoppiato... Scoppiato...

Deux fois, tout bas, avec amour.

Je ramasse deux pierres. J'ai peine à me relever. La terre tourne. Scoppiato est loin.

— Attends-moi, Scoppiato !

Il attend. Attends-moi, Scoppiato, je vais te tuer. Je marche sur lui. Je lui montre mes pierres dans mes mains. Les larmes coulent de ses yeux. Nous pleurons, Scoppiato et moi. Il a compris. Il sait ce que j'attends de lui. Il plisse les yeux, parce qu'il lui manque du courage pour mourir. Ce n'est qu'un chien, et peut-être, chez les chiens, la mort n'exige-t-elle pas d'être regardée en face. Il a compris que j'allais le tuer. Il le sait et il se couche sur le côté, sa tête posée à plat, sur l'herbe, sa patte coupée toute bête, en l'air. Il voudrait peut-être me remercier.

Le sang jaillit de ses narines. La pierre lui a cassé le nez. Il essaie de courir. Il zigzague. Il tombe. Il hurle. Il a peur. Ses yeux sont doux.

C'est insupportable cette douceur au milieu de sa mort. Il pleure de la voix. Ça résonne dans le tissu du ciel léger. Je croyais que nous étions complices, et voilà qu'il fait semblant de ne pas avoir compris. Il lèche le sang sur son museau. Sa langue se rougit. Il trébuche. Je ramasse une pierre et une autre et une autre et mille autres, sans arrêt. Je les lance à toute volée. Le plus vite possible, et toutes l'atteignent. Le ventre mou de Scoppiato s'ouvre sous les coups. C'est un bruit horrible. La sueur coule sur mon front, pleut sur mes bras, et je lance mille pierres sur la petite dépouille de Scoppiato. Je le tue mille fois. Je n'arrête pas de le tuer. Il faut que sa mort soit longue et certaine. Il faut que son sang coule de mille plaies et imprègne la terre.

Je m'approche. Je n'ai pas la force de lancer la pierre qui me reste dans la main. Elle m'échappe.

Ce n'est pas Scoppiato qui est là. Ce n'est qu'une chair informe, écrasée, que je dégage avec précautions de dessous les pierres amoncelées. Son ventre est crevé en maints endroits. Son moignon de patte paraît bête, là, en l'air, émergeant des cailloux. Ça saigne beaucoup. Presque autant que pour Wieckevitz.

Scoppiato le chien repose sur un lit de pierres dures. Je m'agenouille, je le caresse du bout des doigts parce que j'ai peur de lui. J'applique ma main sur le sang. Ça colle, ça glisse. Je pleure. Ça m'arrache la gorge.

Alors je découvre, dans le sang, sous les poils sanglants, l'œil du chien Scoppiato qui reste ouvert et s'excuse de me causer toute cette douleur. C'est un œil de bête morte qui n'a pas compris ce que j'attendais d'elle. Je me lève lentement. Devant la zone endormie, devant les hommes, un enfant se dresse et ils sont forcés d'entendre ma honte et de participer à cette chose innommable qu'est le meurtre d'un chien.

— Assassins ! Salauds !... Venez voir, madame Albadi !... Venez voir !... Ils ont tué le chien à trois pattes !... Ils ont tué Scoppiato !... À coups de pierres !... Les assassins de la zone ont tué Scoppiato !... Venez voir !...

À présent, je ne peux tolérer qu'un chien me regarde dans les yeux.

XIV

Au cours des mois qui passèrent, nous ne nous aperçûmes de rien. Nos jeux étaient les mêmes qu'autrefois, les mêmes nos colères, nos haines, les personnages ahurissants qui nous entouraient. Nous n'attendions rien, nous n'imaginions rien.

Un jour pourtant, en descendant ma rue, nous devinâmes que quelque chose changeait. L'air n'était plus le même. Nous nous arrêtâmes, Schborn, Debrer, Lubresco et moi. Nous étions à hauteur de la cabane de Feltin. Nous nous regardâmes. Nous ne savions que dire. Une inexplicable sensation collective. Tout n'était pas en place dans « ma » rue. On s'habitue à ce point aux objets qu'on ne les remarque plus, mais on a en soi la certitude qu'ils sont bien à leur place, qu'on pourra, au moment voulu, les retrouver, s'en saisir sans les chercher. Tout n'était pas en place. L'ordre était brouillé. C'est cela qui nous retenait tous les quatre à hauteur de la baraque de Feltin. Il régnait aussi un calme inusité. Ça n'allait pas.

L'année précédente, Shelbann après s'être battu avec le père Lédernacht avait pris possession d'une baraque en tôles — la seule inoccupée du coin — et ne l'avait jamais utilisée. Le différend Lédernacht-Shelbann avait passionné la zone durant un temps, puis l'histoire était sortie des têtes. Nous ne manquions pas d'aventures de ce genre.

— Zyeutez ! dit Debrer.

— Merde ! dit Schborn.

La grande échelle, qui eût normalement dû se trouver devant chez Chapuizat, était appliquée contre les tôles de la baraque vide de Shelbann. À quelques mètres de la baraque, le ghetto au grand complet était assis par terre, accroupi, allongé. Les hommes parlaient à voix basse. Les femmes riaient. Victor Albadi sautait sur place en criant de joie.

— Allons-y, dit Schborn.

Shelbann, athlétique, demi-nu, les sourcils froncés, la figure impénétrable, lavait sa baraque de fond en comble. Muni d'une grosse éponge et d'un seau d'eau mousseuse. Tous suivaient ses mouvements. Le père Chapuizat s'était rangé du côté de Shelbann, c'est-à-dire qu'il se tenait debout sur l'espace vide entre la baraque et notre cercle. D'un mot bref, il encourageait Shelbann, l'aidait — sans rien toucher, bien entendu —, le conseillait.

— Ici, camarade ! Encore un peu d'eau. Un petit coup d'éponge. Ça ira !

Puis il tournait vers nous un regard où tout le mépris dont il était capable s'était condensé. Lui qui avait prêté à Shelbann son échelle était dans la confidence. Nous autres pas.

— Y va rien faire de spécial, disait mon père, c'est juste pour nous épater.

Mais il n'en croyait pas un mot lui-même et les autres moins que lui.

— On s'en fout de ce qu'il va faire ou pas, disait Lédernacht père. On s'en fout, nous...

Mais il avait clos sa boutique. Shelbann n'avait pas daigné s'expliquer quant à ces préparatifs. Sauf à Chapuizat, à cause de l'échelle. Qu'un d'entre nous entamât un projet sans que nous fussions au courant semblait monstrueux d'insolence. Inconcevable. C'était bien la première fois que cela se produisait.

— Par ici un petit coup et ça ira, disait Chapuizat.

Inadmissible. Ça nous rendait malades de curiosité et quelqu'un eût pu agoniser que nous n'eussions pas consenti à bouger d'un mètre pour ne rien perdre des allées et venues du nordique.

Nous passâmes la journée à le regarder faire. Sur le soir, Chapuizat, qui avait soif, se fit saouler par Shelbann, à ses frais. L'ardoise de l'eunuque grossit considérablement chez Feld. Mon père qui connaissait son affaire et voulait entrer dans le mystère s'installa à côté du tuberculeux et, une fois Shelbann en allé, offrit à boire.

— Feld ! À boire pour mon pote ! Pour mon frère ! À boire !

Chapuizat buvait. L'autre le pressait de questions.

— C'est pourquoi qu'il fait tout ce remue-ménage ?

— Je ne peux rien dire. J'ai donné ma parole de rien dire.

— Je ne te demande pas de pas tenir ta parole...

— Alors je peux rien dire.

— C'est entendu, disait mon père, c'est entendu. Tu peux rien dire. Si t'as donné ta parole, ça !...

— Je l'ai donnée.

— Tu peux rien dire aux autres... Mais à moi tu peux y aller. En confiance. Tu me connais.

— Je te connais, mais j'ai donné ma parole. C'est un truc épatant qu'il prépare. Si on venait lui prendre son idée, ce serait moche. Je comprends ça... Si, moi, je venais à avoir une idée... C'est un exemple, mais quand même... Mettons que j'aie une idée et qu'on me la prenne, hein ? Ça serait moche !

— Mais moi je m'en fous de son idée ! Je voudrais juste savoir pourquoi il se met à laver sa turne.

— Ça fait partie de son idée.

— T'es mon pote, oui ou non ?

— Je suis ton pote, mais j'ai donné ma parole et j'ai prêté mon échelle.

— Ça n'a rien à voir. On dit tout à un pote. Est-ce que je t'ai pas dit quand la Sophe avait mal aux ovaires ? Je te l'ai dit, oui ou non ?

— Le ventre de la Sophe et l'idée de Shelbann c'est pas comparable.

— Tu veux rien me dire ?

— Je peux pas.

— Alors t'es un beau dégueulasse !

— Dis pas ça.

— Je dis que t'es une enflure ! Un étron. Une lavure. Une tante. Et que tu peux aller te faire foutre avec ton Shelbann. D'abord, il te fera pas mal, l'impuissant ! Ah ! T'es un beau trou du cul, lavasse ! Je te voyais pas comme ça, raclure ! Couilleux ! Mais tu es qu'un branlotteur, ma vache ! Tu donnes ta parole à un étranger et tu la fermes avec un pote de toujours comme voilà mézigue ! Doublure ! Si je ne me retenais pas, tiens !

— Tu as tort de gueuler. Si je pouvais je te raconterais...

— Je t'écoute plus, foireux ! Ah ! t'es pire que les putes, toi ! Tu bois les verres que je paie et tu veux rien dire !

— Faut comprendre, vieux...

— Je comprends que je m'étais gouré avec toi ! Que j'ai paumé mon amitié avec toi !

— Dis pas ça. Je t'aime bien. Tu es le seul qui sait boire autant que moi. Je t'aime bien.

— Alors dis-moi juste pourquoi le ramolli a fait du nettoyage dans sa baraque.

— Écoute...

— Dis-le-moi ou jamais plus on boira un verre ensemble !

Nous vîmes donc Chapuizat, les yeux papillonnants, se pencher à l'oreille de mon père. L'expression de celui-ci se modifia insensiblement pour finir dans l'extase, et, tard dans la nuit, les deux hommes burent, côte à côte, consciencieusement, chargés désormais d'un secret trahi. Ils ne dirent pas un mot. Mon père nageait dans le vague. Il serrait sa tête entre ses deux mains, son front se plissait par à-coups et un sourire qui laissait tout supposer frôlait sa bouche. Chapuizat avait l'air tragique. Un respect nous venait pour ces deux ivrognes qui « savaient ». Lédernacht père, que ce manège irritait, se retira en lançant des imprécations à la ronde. Nous le suivîmes.

Le lendemain, le premier levé fut le père Meunier. Il faisait à peine jour. Sa toux donna le signal à la zone. En quelques secondes tout le monde fut dans la rue. On s'interrogeait. Nos premiers regards se portèrent sur la cabane de tôle. L'échelle était là.

— Il n'est pas encore debout, dit Malot.

— Y va pas tarder s'il veut travailler, dit Meunier

Schborn alla rôder autour de la cabane de Chapuizat. Il dormait. Mon père dormait. Une femme s'adressa à ma mère :

— Il ne vous a rien dit, Adolphe ?

— Lui ? C'est le pire salaud de la terre. J'ai jamais rien pu savoir avec lui.

Debout une heure trop tôt, nous déambulâmes dans la rue, impatients, inquiets, torturés. Mon père parut. La tête portée haute, les lèvres moqueuses, il passa au milieu de nous sans remarquer qu'il nous apercevait. Il entra chez Chapuizat, en ressortit avec lui, et Shelbann ouvrit sa porte au moment précis pour les accueillir. Il y eut un petit débat au sujet de mon père après quoi ils se dirigèrent tous trois sur la cabane vide. Comme la veille, nous formâmes cercle mais cette fois c'était mon père qui conseillait. D'un ton bien adapté à la circonstance. Chapuizat se contentait de l'approuver et tous les deux, contents, ravis, importants, ils appréciaient le travail lent mais soigneux de Shelbann. Le nettoyage fut terminé à midi. Les trois mangèrent ensemble chez Shelbann et il nous fallut attendre le début de l'après-midi pour les voir de nouveau se remettre au travail.

Shelbann portait un grand seau de peinture blanche. Mon père discutait à voix basse, très affairé, l'œil soucieux. Sur les lieux, nous le vîmes se camper, jambes écartées, tête levée, observant la façade de la bicoque. Il se déplaçait subitement, levait le doigt, glissait deux mots à

Shelbann, se remettait en place, jambes écartées, tête levée, examinant la façade.

— Ils vont la peindre en blanc, dit Lédernacht. Moi j'ai compris, ils vont tout simplement la peindre en blanc. Les cons. Ça tiendra pas dix jours leur peinture blanche ! Ce sera noir avant dix jours. Ce qu'il faut par ici, c'est des couleurs sombres. Comme sur ma boutique. Le blanc, c'est de la foutaise.

On le fit taire au moment où mon père, dans une lenteur calculée, empoigna l'échelle à deux mains et grimpa. À mi-hauteur, il déploya un mètre de maçon sur la façade. En bas, Chapuizat notait les dimensions.

— 225 ! criait mon père.

— 225 !

— 75 !

— 75 !

— Shelbann ! Fais-moi passer la craie !

Shelbann jeta un bâton de craie à mon père qui se mit à tracer un grand rectangle sur la paroi.

— Ça va, comme ça ?

— Ça va, dit Shelbann.

Mon père descendit du perchoir. Les yeux plissés comme pour établir une ligne de mire, il se rendit compte de l'effet de son travail.

— Oui, ça va comme ça. Tu peux y aller, dit-il à Shelbann. Puis se tournant vers moi :

— Va nous chercher à boire chez Feld !

Feld, qui était là, m'accompagna à sa bouti-

que et revint avec moi. Avant d'entamer « l'œuvre », ils burent un litre de vin et fumèrent une
cigarette. Chapuizat clignait de l'œil vers mon
père.

— Je suis un pote ou quoi ? demandait Chapuizat.

— Tu es un pote.

Le colossal Shelbann se saisit du seau de
peinture et monta à l'échelle. Nous retenions
nos souffles. Blaise qui pleurait trop fort reçut
une gifle de Meunier. Totor ne bronchait pas.
Par contrecoup, j'étais assez fier que mon père
participât au mystère. J'étais assis devant tout le
monde avec Schborn. Le rectangle fut badi-
geonné au blanc. Ça reluisait. C'était d'un bel
effet. Ça devait se voir de loin.

— Ça doit se voir depuis les maisons, me dit
Schborn.

D'un seul bond, nous courûmes à l'entrée
du ghetto. Schborn escalada le remblai. La
large tache blanche, comme découpée, tranchait
nettement sur les autres baraques. Schborn
exultait.

— Ça fait bath d'ici.

— Ça va servir à quoi ? demanda Debrer.

— C'est pour la nuit, dis-je. Pour qu'on se
retrouve la nuit.

Debrer eut l'air étonné.

— On s'est toujours retrouvés, non ?

— C'est pour la nuit ! C'est mon père qui
me l'a dit.

— Menteur ! Il t'a rien dit ! Il a rien dit à personne !

Je l'accrochai par la tête, le bourrai de coups, le roulai dans les ordures. Schborn décocha un coup de pied à Roméo. Une mêlée s'ensuivit. Nous célébrions l'événement à notre manière.

Le soir, dans la première obscurité, nous retournâmes vers le remblai. Le rectangle blanc se distinguait parfaitement. Nous étions fiers.

Ensuite Shelbann fit appel à Chapuizat pour esquisser sur la peinture de la veille quelques lettres au fusain. La première lettre était un H.

— H, dit Meunier.

— C'est un H, cria ma mère aux femmes qui le voyaient comme elle.

Chapuizat, sûr de lui, dessina ensuite un Y et un G et laissa la place au nordique.

— HYG, ça veut dire quoi ? demandait Lédernacht.

— C'est pas fini.

— Y a pas de mot qui commence par HYG.

— C'est pas forcément en français.

— Si c'est pas en français, alors je m'en fous, dit Lédernacht.

Les trois lettres éclataient en carmin sur le blanc. On était perplexes, on cherchait des mots inusités, incroyables. On inventait. Debrer faisait des suppositions délirantes. Le père Meunier essayait de rassembler dans sa mémoire le peu de vocabulaire qu'il possédait. Ça nous rendait fous, cette affaire. Ça tournait à

214

l'obsession. HYG. HYG en lettres rouges sur le placard blanc luisant.

Depuis trois jours, nous n'avions pas quitté la zone. L'école ne nous avait pas revus. Nous ne pensions plus à l'école. Personne n'y pensait. Il se passait une chose bien trop importante pour que nous ayons le temps de nous préoccuper de l'école.

Ce fut Lobe qui vint nous trouver. Sa présence soudaine nous rappela notre défaillance. J'allai vers lui.

— B'jour, m'sieur Lobe.

Et sans lui laisser le temps de parler, je le mis au courant, je l'emmenai devant la baraque, je lui racontai tout en détail, depuis le commencement. Il me regarda à peu près comme on s'attendrit devant un bébé. Il ne fut même pas question de l'école. Il comprenait bien que nous devions assister jusqu'au bout à ce chamboulement imprévu. Il ne pouvait même plus parler de l'école dans ces conditions.

Devant les lettres il n'hésita pas. (Il n'y avait pas tellement à hésiter.)

— Le mot est « hygiène ».

— Vous êtes sûr, m'sieur Lobe ?

— Oui, petit.

Après son départ, le bruit s'en répandit. Hygiène ! Lédernacht essayait bien de plaisanter, mais sans trouver d'écho. La surprise était trop forte.

— Hygiène, répétait pensivement le père

Meunier. Hygiène... tu es sûr qu'il a dit hygiène ?

— Oui.

— Hygiène...

Et en effet. En effet, je jure que sur notre zone où la crasse triomphait dans des proportions gigantesques, il y eut cette chose incroyable, un panneau rutilant, blanc et rouge : *Hygiène sanitaire pour tous.* Le grotesque, l'impensable grotesque de cette inscription surgissant du ventre de notre saleté.

Les gars de chez nous ne devaient pas être absolument conscients de leur position. Sans l'idée de Shelbann ils ne se seraient jamais aperçus qu'ils avaient vécu jusqu'à ce jour sans cabinets, ni bidets, ni lavabos. Les habitants de la zone furent les premiers clients de l'eunuque. Il ouvrit un crédit monstre et dans chaque cabane s'entassa la faïence blanche qu'on ne pouvait utiliser, l'installation manquant.

Shelbann organisa en quelque sorte le premier commerce à caractère officiel de la zone. Il fit de la publicité aux alentours de notre domaine. Les locataires des maisons ouvrières vinrent acheter. (Pas tout à fait à crédit. C'était le miracle.) Après Shelbann, le père Lubresco ouvrit une boutique de brocanteur et, les années coulant, notre lotissement d'Apocalypse se transforma en lieu de commerce, en marché découvert. À l'époque où Schborn, avant son suicide, retourna là-bas, la plupart des familles que nous avions connues ayant émigré, le terrain était peuplé de commerçants juifs ou turcs ou espagnols. Quelque chose de désolant était mort, avait disparu et c'était tant mieux, c'était parfait ainsi.

C'est bien ainsi. Oui... Mais je n'aime pas retourner là-bas. Les enfants sales, pauvres, affamés et grelottants que je cherche ne s'y trouvent pas. Personne ne joue de la mandoline comme jadis Gogliotti. Personne ne voit le Christ écrabouillé à coups de talon. Feld a fini de débiter sa boisson, Feltin de servir du pétrole au spectre de Lédernacht. La terre où est mort Scoppiato n'a pas su s'ouvrir sur des fleurs de chair sanglante. Le pavé ne conserve pas trace de l'agonie de Wieckevitz. Il reste peu de chose de cette lancinante désolation ; les ombres que je traque m'échappent, et seul un malaise m'étreint devant cette vie nouvelle qui a pris racine sur les lieux où j'ai tout espéré. Mes fantômes mêmes se refusent à me suivre, et il ne traîne dans l'air qu'une inhumaine musique faite pour accompagner les larmes, tandis que je voudrais dire pour un camarade mort et une Petite Fille que j'aime un merveilleux chant d'amour...

DU MÊME AUTEUR

Récits

REQUIEM DES INNOCENTS, 1952, 1994, Julliard

PARTAGE DES VIVANTS, 1953, Julliard

SEPTENTRION, 1984, Denoël, (Folio n° 2142)

NO MAN'S LAND, 1963, Julliard

SATORI, 1968, Denoël, (Folio n° 2990)

ROSA MYSTICA, 1968, Denoël, (Folio n° 2822)

PORTRAIT DE L'ENFANT, 1969, Denoël

HINTERLAND, 1971, Denoël

LIMITROPHE, 1972, Denoël

LA VIE PARALLÈLE, 1974, Denoël

ÉPISODES DE LA VIE DES MANTES RELIGIEUSES, 1976, Denoël

CAMPAGNES, 1979, Denoël

ÉBAUCHE D'UN AUTOPORTRAIT, 1983, Denoël

PROMENADE DANS UN PARC, 1987, Denoël

L'INCARNATION, 1987, Denoël

MEMENTO MORI, 1988, Gallimard, coll. L'Arpenteur

LA MÉCANIQUE DES FEMMES, 1992, Gallimard, coll. L'Arpenteur, (Folio n° 2589)

C'EST LA GUERRE, 1993, Gallimard, coll. L'Arpenteur, (Folio n° 2821)

LE MONOLOGUE, 1996, Gallimard, coll. L'Arpenteur

LE SANG VIOLET DE L'AMÉTHYSTE, 1998, Gallimard, coll. L'Arpenteur

Essais

LES SABLES DU TEMPS, 1988, Le Tout sur le Tout

DROIT DE CITÉ, 1992, Manya, (Folio n° 2670)

L'HOMME VIVANT, 1994, Gallimard, coll. L'Arpenteur

PERSPECTIVES, illustrations de l'auteur, 1995, Hesse

ART-SIGNAL, 1996, Hesse

Carnets

LE CHEMIN DE SION (1956-1967), 1980, Denoël

L'OR ET LE PLOMB (1968-1973), 1981, Denoël

LIGNES INTÉRIEURES (1974-1977), 1985, Denoël

LE SPECTATEUR IMMOBILE (1978-1979), 1990, Gallimard, coll. L'Arpenteur

MIROIR DE JANUS (1980-1981), 1993, Gallimard, coll. L'Arpenteur

RAPPORTS (1982), 1996, Gallimard, coll. L'Arpenteur

ÉTAPES (1983), 1997, Gallimard, coll. L'Arpenteur

TRAJECTOIRES (1984), 1999, Gallimard, coll. L'Arpenteur

Entretiens

UNE VIE, UNE DÉFLAGRATION, entretiens avec Patrick Amine, 1985, Denoël

L'AVENTURE INTÉRIEURE, entretiens avec Jean-Pierre Pauty, 1994, Julliard

CHOSES DITES, entretiens avec Pierre Drachline et choix de textes, 1997, Le Cherche-Midi

Théâtre

AUX ARMES, CITOYENS ! 1986, Denoël

THÉÂTRE COMPLET, illustrations de Catherine Seghers, Hesse :

THÉÂTRE INTIMISTE (Chez les Titch. Trafic. Les Miettes. Tu as bien fait de venir, Paul. Mo. L'Entonnoir. Les Derniers Devoirs. L'Aquarium), 1993

THÉÂTRE BAROQUE I (Mégaphonie. Les Mandibules. L'Amour des mots. Opéra Bleu. Le Roi Victor), 1994

THÉÂTRE BAROQUE II (La Bataille de Waterloo. Aux armes, citoyens ! Le Serment d'Hippocrate. Une souris grise. Un riche, trois pauvres. Les Oiseaux), 1994

THÉÂTRE BAROQUE III (Black-out. Les Veufs. Clap. Le Délinquant), 1996

CLOTILDE DU NORD, tome V, 1998

LA MORT DU PRINCE, CRÉON, tome VI, 1999

Poésie

RAG-TIME, 1972, Denoël

PARAPHE, 1974, Denoël

LONDONIENNES, couverture de Jacques Truphémus, 1985, Le Tout sur le Tout

DÉCALCOMANIES, lithographie de Pierre Ardouvin, 1987, Grande Nature

A.B.C.D., ENFANTINES, illustrations de Jacques Truphémus, 1987, Bellefontaine

NUIT CLOSE, 1988, Fourbis

TÉLÉGRAMMES DE NUIT, lithographies de Catherine Seghers, 1989, Tarabuste et La Marge

DANSE DÉCOUPAGE, illustrations de Philippe Cognée, 1989, Tarabuste

HAÏKAÏ DU JARDIN, 1991, Gallimard, coll. L'Arpenteur

FAIRE-PART, illustrations de l'auteur, 1991, Deyrolle

SILEX (*in* RAG-TIME), illustrations de Jacques Truphémus, 1991, Les Sillons du Temps

FRUITS, illustrations de l'auteur, 1992, Hesse

L'ARBRE À SANGLOTS, avec une gravure de l'auteur, 1993, Les Ateliers d'Art Vincent Rougier

LES MÉTAMORPHOSES DU REVOLVER, revue Triages, nº 3, 1992, Vestige, illustrations de Franck Na, 1993

BILBOQUET, couverture de l'auteur, 1993, L'Arbre à lettres

PETIT DICTIONNAIRE À MANIVELLE, illustrations de l'auteur, 1993, l'Œil de la Lettre

NATIVITÉ, illustrations de Lise-Marie Brochen, Christine Crozat, Claire Lesteven, Frédérique Lucien, Kate Van Houten, Marie-Laure Viale, 1994, Tarabuste

TON NOM EST SEXE, illustrations de Denis Pouppeville, 1994, les Autodidactes

BAZAR NARCOTIQUE, *suivi de* ÉTATS DU SOMMEIL I, 1995, Tarabuste

CERF-VOLANT, *suivi de* PASSE-BOULES, 1995, Tarabuste

COLIN-MAILLARD, 1995, Tarabuste

DIABOLO, *suivi de* CHAT PERCHÉ, 1995, Tarabuste

VOYAGE STELLAIRE, 1995, Tarabuste

OUROBOROS, 1995, illustrations de Erik Dietman, 1998, Tarabuste

UNE ALLUMETTE PREND FEU, PISSCHTT, illustrations de l'auteur, 1995, Tarabuste

NON-LIEU, 1996, Tarabuste

PILE OU FACE, 1996, Tarabuste

HAUTE TRAHISON *suivi de* BALCON TROPICAL, 1996, Tarabuste

DROGUERIE DU CIEL, 1996, Hesse

RAG-TIME, LONDONIENNES, POÈMES ÉBOUILLANTÉS, 1996, Gallimard, collection Poésie

CHIFFRE, 1996, Tarabuste

CHANTS D'UN AUTRE MONDE, 1996, Tarabuste

GREFFES DU TEMPS, 1996, Tarabuste

EN VOITURE, S'IL VOUS PLAÎT, illustrations de l'auteur, 1996, Tarabuste

Composition Nord Compo.
Impression Société Nouvelle Firmin-Didot
à Mesnil-sur-l'Estrée, le 7 juin 2000.
Dépôt légal : juin 2000.
Numéro d'imprimeur : 51694.
ISBN 2-07-041001-3/Imprimé en France.

91187